LA CINQUIÈME
MONTAGNE

Marie, conçue sans péché Priez pour nous
qui faisons appel à vous Amen

Paulo Coelho

LA CINQUIÈME MONTAGNE

Traduit du portugais (Brésil)
par Françoise Marchand-Sauvagnargues

Éditions Anne Carrière

Titre original : A QUINTA MONTANHA

Cette édition a été publiée avec l'accord de
Sant Jordi Asociados, Barcelone, Espagne.

ISBN : 2-84337-031-0

À A. M., guerrier de la lumière

Note de l'auteur

La thèse centrale de mon livre *L'Alchimiste* réside dans une phrase que le roi Melchisédech adresse au berger Santiago : « Quand tu veux quelque chose, tout l'univers conspire à te permettre de réaliser ton désir. »

Je crois entièrement à cette affirmation. Cependant, l'acte de vivre son destin comporte une série d'étapes, bien au-delà de notre compréhension, dont l'objectif est de nous ramener sans cesse sur le chemin de notre Légende Personnelle – ou de nous enseigner les leçons nécessaires à l'accomplissement de ce destin. J'illustrerais mieux ce propos, me semble-t-il, en racontant un épisode de ma propre vie.

Le 12 août 1979, j'allai me coucher avec une seule certitude : à trente ans, j'atteignais le sommet de ma carrière de producteur de disques.

9

Directeur artistique de CBS au Brésil, je venais d'être invité à me rendre aux États-Unis pour y rencontrer les patrons de la maison de disques et, assurément, ils allaient m'offrir les meilleures conditions pour réaliser tout ce que je désirais dans ce domaine. Bien sûr, mon grand rêve – être écrivain – avait été mis de côté, mais quelle importance ? En fin de compte, la vie réelle était très différente de celle que j'avais imaginée ; il n'y avait aucun espace pour vivre de littérature au Brésil.

Cette nuit-là, je pris une décision, et j'abandonnai mon rêve : je devais m'adapter aux circonstances et saisir les occasions. Si mon cœur protestait, je pourrais toujours le tromper en composant des textes de chansons chaque fois que je le désirerais et, de temps à autre, en signant un article dans un journal. Du reste, j'étais convaincu que ma vie avait pris une voie différente, mais non moins excitante : un avenir brillant m'attendait dans les multinationales de musique.

À mon réveil, je reçus un appel téléphonique du président : j'étais remercié, sans autre explication. J'eus beau frapper à toutes les portes au cours des deux années qui suivirent, je n'ai jamais retrouvé d'emploi dans ce domaine.

10

En achevant la rédaction de *La Cinquième Montagne*, je me suis souvenu de cet épisode – et d'autres manifestations de l'inévitable dans ma vie. Chaque fois que je me sentais absolument maître de la situation, un événement se produisait, et me faisait échouer. Je me suis demandé pourquoi. Étais-je condamné à toujours approcher de la ligne d'arrivée, sans jamais la franchir ? Dieu serait-il cruel au point de me faire entrevoir les palmiers à l'horizon uniquement pour me laisser mourir de soif au milieu du désert ?

J'ai mis longtemps à comprendre que l'explication était tout autre. Certains événements sont placés dans nos existences pour nous reconduire vers l'authentique chemin de notre Légende Personnelle. D'autres surgissent pour nous permettre d'appliquer tout ce que nous avons appris. Enfin, quelques-uns se produisent pour nous *enseigner* quelque chose.

Dans *Le Pèlerin de Compostelle*, j'ai tenté de montrer que ces enseignements ne sont pas nécessairement liés à la douleur et à la souffrance ; la discipline et l'attention suffisent. Bien que cette compréhension soit devenue une importante bénédiction dans ma vie, malgré toute ma discipline et toute mon attention, je n'ai pas réussi à comprendre certains moments difficiles par lesquels je suis passé.

L'anecdote que j'ai relatée en est un exemple : j'étais un bon professionnel alors, je m'efforçais de donner ce qu'il y avait de meilleur en moi, et j'avais des idées qu'aujourd'hui encore je considère bonnes. Mais l'inévitable a surgi, au moment précis où je me sentais le plus sûr et le plus confiant. Je pense que cette expérience n'est pas unique ; l'inévitable a frappé la vie de tous les êtres humains à la surface de la Terre. Certains se sont rétablis, d'autres ont cédé – mais nous avons tous été effleurés par l'aile de la tragédie.

Pourquoi ? Pour trouver une réponse à cette question, j'ai laissé Élie me conduire par les jours et les nuits d'Akbar.

PAULO COELHO

« Et il ajouta : " Oui, je vous
le déclare, aucun prophète ne
trouve accueil dans sa patrie.
En toute vérité, je vous le
déclare, il y avait beaucoup de
veuves en Israël aux jours
d'Élie, quand le ciel fut fermé
trois ans et six mois et que survint une grande famine sur
tout le pays ; pourtant ce ne fut
à aucune d'elles qu'Élie fut
envoyé, mais bien dans le pays
de Sidon, à une veuve de
Sarepta. " »

Luc, 4, 24-26

Prologue

Au commencement de l'année 870 avant Jésus-Christ, une nation connue sous le nom de Phénicie, que les Israélites appelaient Liban, commémorait presque trois siècles de paix. Ses habitants avaient de bonnes raisons de s'enorgueillir : comme ils n'étaient pas très puissants sur le plan politique, ils avaient dû mettre au point une force de négociation qui faisait des envieux, seul moyen de garantir leur survie dans un monde constamment dévasté par la guerre. Une alliance contractée aux environs de l'an 1000 avant J.-C. avec Salomon, roi d'Israël, avait favorisé la modernisation de la flotte marchande et l'expansion du commerce. Depuis lors, la Phénicie n'avait cessé de se développer.

Ses navigateurs avaient déjà atteint des régions lointaines, comme l'Espagne et les rivages baignés par l'océan Atlantique. Selon certaines théories – qui ne sont pas confirmées –, ils auraient même laissé des inscriptions dans le Nordeste et dans le sud du Brésil. Ils faisaient le négoce du verre, du bois de cèdre, des armes, du fer et de l'ivoire. Les habitants des grandes cités de Sidon, Tyr et Byblos connaissaient les nombres, les calculs astronomiques, la vinification, et ils utilisaient depuis presque deux cents ans un ensemble de caractères pour écrire, que les Grecs dénommaient *alphabet*.

Au commencement de l'année 870 avant J.-C., un conseil de guerre était réuni dans la cité lointaine de Ninive. Un groupe de généraux assyriens avait en effet décidé d'envoyer des troupes conquérir les nations bordant la mer Méditerranée et, en premier lieu, la Phénicie.

Au commencement de l'année 870 avant J.-C., deux hommes, cachés dans une étable de Galaad, en Israël, s'attendaient à mourir dans les prochaines heures.

Première partie

« J'AI SERVI UN SEIGNEUR QUI MAINTENANT M'ABAN-donne aux mains de mes ennemis, dit Élie.

– Dieu est Dieu, répondit le lévite. Il n'a pas expliqué à Moïse s'Il était bon ou mauvais, Il a seulement affirmé : *Je suis.* Il est tout ce qui existe sous le soleil – le tonnerre qui détruit la maison, et la main de l'homme qui la reconstruit. »

La conversation était la seule manière d'éloigner la peur ; d'un moment à l'autre, les soldats allaient ouvrir la porte de l'étable, les découvrir et leur proposer le seul choix possible : adorer Baal, le dieu phénicien, ou être exécutés. Ils fouillaient maison après maison, convertissant ou exécutant les prophètes.

Le lévite se convertirait peut-être, échappant ainsi à la mort. Mais Élie n'avait pas le choix : tout arrivait par sa faute, et Jézabel voulait sa tête de toute façon.

19

« C'est un ange du Seigneur qui m'a envoyé parler au roi Achab et l'avertir qu'il ne pleuvrait pas tant que Baal serait adoré en Israël », expliqua-t-il, en demandant presque pardon pour avoir écouté les paroles de l'ange. « Mais Dieu agit avec lenteur ; quand la sécheresse commencera à produire son effet, la princesse Jézabel aura détruit tous ceux qui sont restés fidèles au Seigneur. »

Le lévite resta silencieux. Il se demandait s'il devait se convertir à Baal ou mourir au nom du Seigneur.

« Qui est Dieu ? poursuivit Élie. Est-ce Lui qui tient l'épée du soldat exécutant les hommes fidèles à la foi de nos patriarches ? Est-ce Lui qui a mis une princesse étrangère sur le trône de notre pays, afin que tous ces malheurs s'abattent sur notre génération ? Est-ce Dieu qui tue les fidèles, les innocents, ceux qui suivent la loi de Moïse ? »

Le lévite prit une décision : il préférait mourir. Alors il se mit à rire, parce que l'idée de la mort ne l'effrayait plus. Il se tourna vers le jeune prophète et s'efforça de le tranquilliser :

« Demande à Dieu qui Il est, puisque tu doutes de Ses décisions. Pour ma part, j'ai déjà accepté mon destin.

– Le Seigneur ne peut pas désirer que nous soyons impitoyablement massacrés, insista Élie.

« – Dieu peut tout. S'Il se limitait à faire ce que nous appelons le Bien, nous ne pourrions pas le nommer Tout-Puissant ; Il dominerait seulement une partie de l'univers, et il y aurait quelqu'un de plus puissant que Lui qui surveillerait et jugerait Ses actions. En ce cas, j'adorerais ce quelqu'un plus puissant.

– S'Il peut tout, pourquoi n'épargne-t-Il pas la souffrance à ceux qui L'aiment ? Pourquoi ne nous sauve-t-Il pas, au lieu de donner gloire et pouvoir à Ses ennemis ?

– Je l'ignore, répondit le lévite. Mais il y a à cela une raison, et j'espère la connaître bientôt.

– Tu n'as pas de réponse à cette question.

– Non. »

Ils restèrent tous deux silencieux. Élie avait des sueurs froides.

« Tu as peur, mais moi j'ai accepté mon destin, commenta le lévite. Je vais sortir et mettre fin à cette agonie. Chaque fois que j'entends un cri là-dehors, je souffre en imaginant ce qui se passera lorsque mon heure viendra. Depuis que nous sommes enfermés ici, je suis mort une bonne centaine de fois, et j'aurais pu mourir une seule fois. Puisque je vais être égorgé, que ce soit le plus vite possible. »

Il avait raison. Élie avait entendu les mêmes cris et il avait déjà souffert au-delà de sa capacité de résistance.

« Je t'accompagne. Je suis fatigué de lutter pour quelques heures de vie supplémentaires. »

Il se leva et ouvrit la porte de l'étable, laissant la lumière du soleil révéler la présence des deux hommes qui y étaient cachés.

*

Le lévite le prit par le bras et ils se mirent en marche. À l'exception de quelques cris, on aurait dit un jour normal dans une cité pareille à n'importe quelle autre – un soleil pas trop brûlant, la brise venant de l'océan au loin, rendant la température agréable, les rues poussiéreuses, les maisons faites d'argile mélangée à de la paille.

« Nos âmes sont prisonnières de la terreur de la mort, et c'est une belle journée, dit le lévite. Bien souvent, alors que je me sentais en paix avec Dieu et avec le monde, la chaleur était insupportable, le vent du désert emplissait mes yeux de sable et ne me laissait pas voir à deux pas. Le plan de Dieu ne correspond pas toujours à ce que nous sommes ou sentons ; mais je suis certain qu'Il a une raison pour tout cela.

– J'admire ta foi. »

Le lévite regarda vers le ciel, comme s'il réfléchissait. Puis il se tourna vers Élie :

« N'admire pas, et ne crois pas autant : c'est un

pari que j'ai fait avec moi-même. J'ai parié que Dieu existe.

– Tu es un prophète, répliqua Élie. Tu as aussi entendu des voix, et tu sais qu'il existe un monde au-delà de ce monde.

– C'est peut-être le fruit de mon imagination.

– Tu as vu les signes de Dieu », insista Élie, que les commentaires de son compagnon commençaient à rendre anxieux.

« C'est peut-être le fruit de mon imagination, lui fut-il répété. En fait, je n'ai de concret que mon pari : je me suis dit que tout cela venait du Très-Haut. »

*

La rue était déserte. Les gens, dans leurs maisons, attendaient que les soldats d'Achab accomplissent la tâche exigée par la princesse étrangère : l'exécution des prophètes d'Israël. Élie cheminait avec le lévite, et il avait la sensation que, derrière chacune des fenêtres et des portes, quelqu'un l'observait et l'accusait de ce qui était en train de se passer.

« Je n'ai pas demandé à être prophète. Tout cela est peut-être aussi le fruit de mon imagination », se disait Élie.

Mais après ce qui était arrivé dans la charpenterie, il savait qu'il n'en était rien.

Depuis son enfance, il entendait des voix et conversait avec les anges. Aussi ses parents insistèrent-ils pour qu'il consultât un prêtre d'Israël. Ce dernier, après nombre de questions, reconnut en lui un *nabi*, un prophète, un « homme de l'esprit », qui « s'exalte à la voix de Dieu ».

Après plusieurs heures d'entretien ininterrompu avec lui, le prêtre expliqua à ses parents que tout ce que cet enfant viendrait à dire devait être pris au sérieux.

Sur le chemin du retour, les parents exigèrent qu'Élie ne racontât jamais à personne ce qu'il voyait ou entendait ; être un prophète impliquait des liens avec le gouvernement, et c'était toujours dangereux.

De toute façon, Élie n'avait jamais rien entendu qui pût intéresser les prêtres ou les rois. Il ne conversait qu'avec son ange gardien et écoutait des conseils concernant sa propre vie. De temps à autre, il avait des visions qu'il ne parvenait pas à comprendre – des océans lointains, des montagnes peuplées d'êtres étranges, des roues avec des ailes et des yeux. Lorsque les visions avaient disparu, obéissant à ses parents, il s'efforçait de les oublier le plus vite possible.

Ainsi les voix et les visions s'étaient-elles faites de plus en plus rares. Ses parents, satisfaits, n'avaient plus abordé le sujet. Lorsqu'il fut en âge d'assurer sa subsistance, ils lui prêtèrent de l'argent pour qu'il ouvrît une petite charpenterie.

*

Fréquemment, il regardait avec respect les autres prophètes dans les rues de Galaad : ils portaient des manteaux de peau et des ceintures de cuir, et affirmaient que le Seigneur les avait choisis pour guider le peuple élu. Mais en vérité, ce n'était pas son destin. Jamais il ne serait capable de connaître une transe lors d'une danse ou d'une séance d'autoflagellation, une pratique normale chez les « exaltés par la voix de Dieu », parce qu'il avait peur de la douleur. Jamais il ne marcherait dans les rues de Galaad, exhibant fièrement les cicatrices des blessures obtenues au cours de l'extase, parce qu'il était trop timide pour cela.

Élie se considérait comme une personne ordinaire, qui s'habillait comme tout le monde et dont l'âme était torturée des mêmes craintes et tentations que celle des autres mortels. À mesure que progressait son travail dans la charpenterie, les voix cessèrent complètement parce que les adultes et les travailleurs n'ont pas de temps pour cela. Ses parents étaient contents de leur fils, et la vie s'écoulait dans l'harmonie et la paix.

La conversation qu'il avait eue avec le prêtre lorsqu'il était petit devint peu à peu un lointain souvenir. Élie ne pouvait croire que Dieu tout-puissant eût besoin de converser avec les hommes pour faire valoir ses ordres. Ce qui s'était passé dans son enfance n'était que la fantaisie d'un gamin oisif. À Galaad, sa cité natale, il y avait des gens que les habitants considéraient comme fous. Incapables de tenir des propos cohérents, ils ne distinguaient pas la voix du Seigneur des délires de la démence. Ils erraient dans les rues, annonçant la fin du monde et vivant de la charité d'autrui. Pourtant, aucun prêtre ne les considérait comme « exaltés par la voix de Dieu ».

Élie en vint à penser que les prêtres n'avaient jamais la certitude de ce qu'ils affirmaient. Il y avait des « exaltés de Dieu » parce que le pays ne savait pas où il allait, que les frères se querellaient et que le gouvernement était instable. Il n'y avait aucune différence entre les prophètes et les fous.

*

Quand il apprit le mariage de son roi et de Jézabel, princesse de Tyr, Élie n'y accorda pas grande importance. D'autres rois d'Israël avaient agi de même. Il en avait résulté une paix durable dans la région, et le commerce avec le Liban s'était développé. Peu importait à Élie que les habitants du pays voisin croient en des dieux qui n'existaient pas ou se consacrent à des cultes étranges, comme l'adoration des animaux et des montagnes ; ils étaient honnêtes dans les négociations, voilà l'essentiel. Élie continua donc à acheter leur bois de cèdre et à leur vendre les produits de sa charpenterie. Même s'ils se montraient un peu orgueilleux, aucun des commerçants du Liban n'avait jamais cherché à tirer parti de la confusion qui régnait en Israël. Ils payaient les marchandises à leur juste prix et n'émettaient aucun commentaire sur les constantes guerres intestines, ni sur les problèmes politiques auxquels les Israélites étaient sans cesse confrontés.

*

Après son accession au trône, Jézabel avait demandé à Achab de remplacer le culte du Seigneur par celui des dieux du Liban.

Cela aussi était déjà arrivé auparavant. Élie, bien qu'il fût indigné par le consentement d'Achab, continua d'adorer le Dieu d'Israël et d'obéir aux lois de Moïse. « Cela ne durera pas, pensait-il. Jézabel a séduit Achab, mais elle ne parviendra pas à persuader le peuple. »

Mais Jézabel n'était pas une femme comme les autres ; elle avait la conviction que Baal l'avait fait venir au monde pour convertir les peuples et les nations. Subtilement et patiemment, elle se mit à récompenser tous ceux qui se détournaient du Seigneur et acceptaient les nouvelles divinités. Achab ordonna la construction d'un temple pour Baal à Samarie, à l'intérieur duquel il fit bâtir un autel. Les pèlerinages commencèrent, et le culte aux dieux du Liban se répandit de toutes parts.

« Cela passera. Cela durera peut-être une génération, mais ensuite cela passera », pensait toujours Élie.

ALORS SURVINT UN ÉVÉNEMENT AUQUEL IL NE
s'attendait pas. Un après-midi, tandis qu'il finissait de fabriquer une table dans sa charpenterie,
tout s'obscurcit autour de lui et des milliers de
points blancs se mirent à scintiller. Sa tête lui faisait mal comme jamais ; il voulut s'asseoir, mais
constata qu'il n'arrivait pas à bouger un seul
muscle.

Ce n'était pas le fruit de son imagination.

« Je suis mort, pensa-t-il sur-le-champ. Maintenant, je découvre l'endroit où Dieu nous envoie
après notre mort : le milieu du firmament. »

Une des lumières brilla plus fort et soudain,
comme si elle venait de partout en même temps,
*« la parole du Seigneur lui fut adressée : "Dis à
Achab que, par la vie du Seigneur, le Dieu
d'Israël au service duquel je suis, il n'y aura ces
années-ci ni rosée ni pluie sinon à ma parole. "* »

L'instant suivant, tout redevint normal, la charpenterie, la lumière du crépuscule, les voix des enfants jouant dans la rue.

*

Élie ne dormit pas cette nuit-là. Pour la première fois depuis des années, les sensations de son enfance étaient de retour ; et ce n'était pas son ange gardien qui lui parlait, mais « *quelque chose* » de plus puissant. Il redouta, s'il n'obéissait pas à cet ordre, que toutes ses activités ne fussent maudites.

Le lendemain matin, il décida de faire ce qu'on lui avait demandé. En fin de compte, il se contenterait de délivrer un message qui ne le concernait pas ; une fois cette tâche terminée, les voix ne reviendraient plus le déranger.

Il n'eut aucune difficulté à obtenir une audience auprès du roi Achab. Des générations plus tôt, lorsque le roi Samuel était monté sur le trône, les prophètes avaient acquis de l'importance dans les affaires et le gouvernement de son pays. Ils pouvaient se marier, avoir des enfants, mais ils devaient rester en permanence à la disposition du Seigneur, afin que les gouvernants ne s'écartent jamais trop du droit chemin. La tradition affirmait que, grâce à ces « exaltés de Dieu », on avait gagné de nombreuses batailles et qu'Israël survivait parce que, quand ses gouvernants se fourvoyaient, il y avait toujours un prophète pour leur faire regagner la voie du Seigneur.

En arrivant, Élie avertit le roi que la sécheresse allait dévaster la région jusqu'à ce que le culte des dieux phéniciens fût abandonné.

Le souverain n'accorda guère d'importance à ces paroles, mais Jézabel, qui se tenait à côté d'Achab et écoutait attentivement, se mit à l'interroger. Élie lui parla alors de la vision, du mal de tête, de la sensation que le temps s'était arrêté quand il écoutait l'ange. Pendant qu'il décrivait ce qui lui était arrivé, il put regarder de près la princesse dont tout le monde parlait. C'était l'une des plus belles femmes qu'il eût jamais vues, avec de longs cheveux noirs descendant jusqu'à sa taille parfaitement tournée. Ses yeux verts, qui brillaient dans son visage brun, restaient fixés sur ceux d'Élie. Il ne parvenait pas à déchiffrer la signification de ce regard, et il ne pouvait pas savoir quel effet lui causaient ses propos.

Il sortit de cette entrevue convaincu qu'il avait accompli sa mission et pouvait désormais retourner à son travail dans la charpenterie. Sur le chemin du retour, il désira Jézabel de toute l'ardeur de ses vingt-trois ans. Et il pria Dieu qu'il lui fût permis de rencontrer plus tard une femme du Liban, parce qu'elles étaient belles, avec leur peau sombre et leurs yeux verts emplis de mystère.

*

Il travailla le reste de la journée et dormit en paix. Le lendemain, il fut réveillé avant l'aurore par le lévite. Jézabel avait persuadé le roi que les prophètes étaient une menace pour la croissance et l'expansion d'Israël. Les soldats d'Achab avaient reçu l'ordre d'exécuter tous ceux qui refuseraient d'abandonner la tâche sacrée que Dieu leur avait confiée. Mais à Élie ils n'avaient pas donné la possibilité de choisir : lui devait être mis à mort.

Élie et le lévite passèrent deux jours cachés dans l'étable au sud de Galaad, tandis que quatre cent cinquante *nabis* étaient exécutés. Cependant, la plupart des prophètes, qui vagabondaient d'ordinaire dans les rues en s'autoflagellant et en prédisant la fin du monde à cause de la corruption et de l'absence de foi, avaient accepté de se convertir à la nouvelle religion.

*

Un bruit sec, suivi d'un cri, interrompit les pensées d'Élie. Alarmé, il se tourna vers son compagnon :

« Que se passe-t-il ? »

Mais il n'obtint pas de réponse : le corps du lévite s'écroula sur le sol, une flèche plantée au milieu de la poitrine.

Devant lui, un soldat mit une nouvelle flèche dans son arc. Élie regarda autour de lui : la rue, les portes et fenêtres fermées, le soleil éblouissant dans le ciel, la brise qui venait d'un océan dont il avait tant entendu parler mais qu'il n'avait jamais vu. Il songea à courir, mais il savait qu'il serait rattrapé avant d'atteindre le coin de la rue.

« Si je dois mourir, que ce ne soit pas d'un coup dans le dos. »

Le soldat banda de nouveau son arc. À sa grande surprise, Élie ne ressentait pas la peur, ni l'instinct de survie, ni rien. C'était comme si toute la scène avait déjà été définie voilà très longtemps, et que l'un et l'autre – lui aussi bien que le soldat – tenaient un rôle dans un drame qui n'avait pas été écrit par eux. Il se rappela son enfance, les matins et les après-midi à Galaad, les ouvrages inachevés qu'il allait laisser dans sa charpenterie. Il songea à sa mère et à son père, qui n'avaient jamais désiré avoir un fils prophète.

Il pensa aux yeux de Jézabel et au sourire du roi Achab.

Il pensa qu'il était stupide de mourir à vingt-trois ans, sans avoir jamais connu l'amour d'une femme.

La main lâcha la corde, la flèche fendit l'air, passa en sifflant près de son oreille droite, et se planta derrière lui dans le sol poussiéreux.

Le soldat, encore une fois, arma son arc et le visa. Pourtant, au lieu de tirer, il fixa Élie dans les yeux.

« Je suis le meilleur des archers de toutes les armées d'Achab, dit-il. Cela fait sept ans que je n'ai pas manqué un seul tir. »

Élie se tourna vers le corps du lévite.

« Cette flèche était pour toi. » Le soldat gardait son arc bandé, et ses mains tremblaient. « Élie était le seul prophète qui devait être mis à mort ; les autres pouvaient choisir la foi en Baal.

– Alors, termine ton travail. »

Il était surpris de sa propre tranquillité. Il avait imaginé la mort tant de fois durant les nuits passées dans l'étable, et maintenant il comprenait qu'il avait souffert plus que nécessaire. En quelques secondes, tout serait fini.

« Je n'y arrive pas », dit le soldat, les mains encore tremblantes, et l'arc changeant à chaque instant de direction. « Va-t'en ! Hors de ma présence ! Je pense que Dieu a dévié mes flèches, et qu'il va me maudire si je réussis à te tuer. »

Ce fut alors – à mesure qu'Élie découvrait qu'il avait une chance de survivre – que la peur de mourir afflua de nouveau. Il était encore possible de connaître l'océan, de rencontrer une femme, d'avoir des enfants et d'achever ses ouvrages dans la charpenterie.

« Finis-en vite, dit-il. En ce moment, je suis calme. Si tu attends trop, je vais souffrir pour tout ce que je serai sur le point de perdre. »

Le soldat regarda alentour pour s'assurer que personne n'avait assisté à la scène. Puis il abaissa son arc, remit la flèche dans son carquois, et disparut.

Élie sentit que ses jambes flanchaient ; la terreur revenait dans toute son intensité. Il devait fuir immédiatement, disparaître de Galaad, ne plus jamais avoir à se trouver face à face avec un soldat, l'arc tendu, pointé sur son cœur. Il n'avait pas choisi son destin, et il n'était pas allé voir Achab pour se vanter auprès de ses voisins d'avoir conversé avec le roi. Il n'était pas responsable du massacre des prophètes. Il n'était pas non plus responsable d'avoir vu, un après-midi, le temps s'arrêter et la charpenterie se transformer en un trou noir, empli de points lumineux.

Imitant le soldat, il regarda autour de lui. La rue était déserte. Il songea à vérifier s'il pouvait encore sauver la vie du lévite mais bientôt la terreur revint et, avant que quelqu'un n'apparût, Élie s'enfuit.

IL MARCHA PENDANT DES HEURES, S'ENGAGEANT DANS des chemins qui n'étaient plus fréquentés depuis longtemps, et arriva enfin au bord du ruisseau du Kerith. Il avait honte de sa lâcheté, mais il se réjouissait d'être en vie.

Il but un peu d'eau, s'assit, et alors seulement se rendit compte de la situation dans laquelle il se trouvait : demain, il lui faudrait se nourrir, et il ne trouverait pas de nourriture dans le désert.

Il se rappela la charpenterie, le travail de tant d'années, qu'il avait été contraint de laisser derrière lui. Certains de ses voisins étaient ses amis, mais il ne pouvait pas compter sur eux. L'histoire de sa fuite s'était déjà sans doute répandue dans la cité, et tous le haïraient de s'être échappé, pendant qu'il envoyait au martyre les véritables hommes de foi.

Tout ce qu'il avait fait jusque-là était ruiné

uniquement parce qu'il avait cru accomplir la volonté du Seigneur. Demain, et dans les prochains jours, semaines et mois, les commerçants du Liban frapperaient à sa porte, et on les avertirait que le propriétaire s'était enfui, semant derrière lui la mort de prophètes innocents. On ajouterait peut-être qu'il avait tenté de détruire les dieux qui protégeaient la terre et les cieux. L'histoire franchirait bientôt les frontières d'Israël, et il pouvait renoncer pour toujours au mariage avec une femme aussi belle que celles qui vivaient au Liban.

*

« Il y a les navires. »

Oui, il y avait les navires. On avait coutume d'accepter pour marins les criminels, les prisonniers de guerre, les fugitifs, parce que c'était un métier plus dangereux que l'armée. À la guerre, un soldat avait toujours une chance de rester en vie ; mais les mers étaient un territoire inconnu, peuplé de monstres, et, lorsqu'une tragédie survenait, il n'y avait pas de survivant pour raconter ce qui s'était passé.

Certes, il y avait les navires, mais ils étaient contrôlés par les commerçants phéniciens. Élie n'était pas un criminel, un prisonnier ou un fugitif, c'était un homme qui avait osé élever la voix contre le dieu Baal. Lorsqu'on le découvrirait, il serait mis à mort et jeté à la mer, car les marins croyaient fermement que Baal et ses dieux étaient maîtres des tempêtes.

Il ne pouvait pas se diriger vers la mer. Ni continuer vers le nord, car là se trouvait le Liban. Il ne pouvait pas non plus aller vers l'orient, où des tribus israélites menaient une guerre depuis deux générations.

*

Il se souvint de la tranquillité qu'il avait ressentie devant le soldat. En fin de compte, qu'était la mort ? Un instant, rien de plus. Même s'il éprouvait de la douleur, elle passerait rapidement, et le Seigneur des Armées le recevrait en son sein.

Il se coucha sur le sol et resta très longtemps à contempler le ciel. Comme le lévite, il tenta de parier, non sur l'existence de Dieu – il n'avait pas de doutes sur ce point –, mais sur la raison de sa propre vie.

Il vit les montagnes, la terre qu'allait dévaster une longue sécheresse – ainsi l'avait annoncé l'ange du Seigneur – mais qui conservait encore la fraîcheur de nombreuses années de pluies généreuses. Il aperçut le ruisseau du Kerith, dont les eaux se tariraient bientôt. Il fit ses adieux au monde avec ferveur et respect, et pria le Seigneur de l'accueillir quand viendrait son heure.

Il se demanda quel était le motif de son existence, et n'obtint pas de réponse.

Il se demanda où il devait se rendre, et comprit qu'il était cerné.

Le lendemain, il ferait demi-tour et se livrerait, bien que la peur de la mort fût revenue.

Il tenta de se réjouir puisqu'il lui restait quelques heures à vivre. En vain. Il venait de découvrir que l'homme a rarement le pouvoir de prendre une décision.

Lorsque Élie se réveilla le lendemain, il regarda de nouveau le Kerith. Demain, ou dans un an, ce ne serait plus qu'un chemin de sable fin et de galets polis. Les habitants continueraient de le nommer Kerith, et peut-être indiqueraient-ils leur route aux voyageurs en disant : « Tel village se trouve au bord de la rivière qui passe près d'ici. » Les voyageurs marcheraient jusque-là, verraient les galets et le sable fin, et se feraient cette réflexion : « Là, sur cette terre, il y avait une rivière. » Mais la seule chose importante concernant une rivière – son torrent d'eau – ne serait plus là pour étancher leur soif.

Comme les ruisseaux et les plantes, les âmes avaient besoin de la pluie, mais d'une autre sorte : l'espoir, la foi, la raison de vivre. Sinon, même si le corps continuait à vivre, l'âme dépérissait; et les gens pouvaient dire que « là, dans ce corps, il y avait eu un homme ».

Ce n'était pas le moment de songer à tout cela. Encore une fois il se rappela sa conversation avec le lévite, un peu avant qu'ils ne sortent de l'étable : à quoi bon mourir de tant de morts, s'il suffisait d'une seule ? Tout ce qu'il devait faire, c'était attendre les gardes de Jézabel. Ils arriveraient, sans aucun doute, car les itinéraires n'étaient pas nombreux pour fuir de Galaad. Les malfaiteurs se dirigeaient toujours vers le désert – où on les retrouvait morts au bout de quelques jours –, ou vers le Kerith où ils finissaient par être capturés. Bientôt, donc, les gardes seraient là. Et il se réjouirait en les voyant.

*

Il but un peu de l'eau cristalline, se lava le visage, et chercha un endroit ombragé où attendre ses poursuivants. Un homme ne peut lutter contre son destin – il avait déjà tenté de lutter, et il avait perdu.

Bien qu'il fût considéré par les prêtres comme un prophète, Élie avait décidé de travailler dans une charpenterie, mais le Seigneur l'avait reconduit vers son chemin.

Il n'était pas le seul à avoir essayé d'abandonner la vie que Dieu avait écrite pour chacun sur terre. Il avait eu un ami, doté d'une voix remarquable, dont les parents n'avaient pas non plus accepté qu'il fût chanteur – car c'était un métier qui déshonorait la famille. Une de ses amies d'enfance savait danser comme personne, mais sa famille le lui avait interdit – pour la bonne raison que le roi aurait pu la faire appeler et que nul ne savait combien de temps durerait son règne. En outre, l'atmosphère du palais était dépravée, hostile, écartant à tout jamais l'opportunité d'un bon mariage.

« L'homme est né pour trahir son destin. » Dieu ne mettait dans nos cœurs que des tâches impossibles.

« Pourquoi ? »

Peut-être parce que la tradition devait être maintenue.

Mais ce n'était pas une bonne réponse. « Les habitants du Liban sont plus avancés que nous parce qu'ils n'ont pas suivi la tradition des navigateurs. Alors que tout le monde utilisait le même type de bateau, ils ont décidé de construire un instrument différent. Beaucoup ont perdu la vie en mer, mais leurs navires ont été perfectionnés, et maintenant ils dominent le commerce dans le monde. Ils ont payé un prix élevé pour s'adapter, mais cela en valait la peine. »

L'homme trahissait peut-être son destin parce que Dieu s'était éloigné de lui. Après avoir placé dans les cœurs le rêve d'une époque où tout était possible, Il était allé s'occuper d'autres nouveautés. Le monde s'était transformé, la vie était devenue plus difficile, mais le Seigneur n'était jamais revenu pour modifier les rêves des hommes.

Dieu était loin. Pourtant, s'Il envoyait encore les anges parler aux prophètes, c'est qu'il restait quelque chose à faire ici-bas. Alors, quelle pouvait être la réponse ?

« Peut-être nos parents se sont-ils trompés et ont-ils peur que nous commettions les mêmes erreurs. Ou peut-être qu'ils ne se sont jamais trompés et ne sauront pas comment nous aider si nous avons un problème. »

Il sentait qu'il approchait.

Le ruisseau coulait près de lui, quelques corbeaux tournoyaient dans le ciel, les plantes s'obstinaient à pousser sur le terrain sableux et stérile. S'ils avaient écouté les propos de leurs ancêtres, qu'auraient-ils entendu ?

« Ruisseau, cherche un meilleur endroit pour que tes eaux limpides réfléchissent la clarté du soleil, puisque le désert a fini par t'assécher », aurait dit un dieu des eaux, si par hasard il existait. « Corbeaux, la nourriture est plus abondante en forêt qu'au milieu des rochers et du sable », aurait dit un dieu des oiseaux. « Plantes, jetez vos semences loin d'ici, car le monde est plein de terre fertile et humide, et vous pousserez plus belles », aurait dit un dieu des fleurs.

Mais ni le Kerith, ni les plantes, ni les corbeaux – l'un d'eux s'était posé tout près – n'avaient le courage de faire ce que les autres rivières, oiseaux ou fleurs jugeaient impossible.

Élie fixa le corbeau du regard.

« J'apprends, dit-il à l'oiseau. Même si c'est un apprentissage inutile, parce que je suis condamné à mort.

– Tu as découvert comme tout est simple, sembla répondre le corbeau. Il suffit d'avoir du courage. »

Élie rit, car il plaçait des mots dans la bouche d'un oiseau. C'était un jeu amusant – qu'il avait appris avec une femme qui confectionnait du pain – et il décida de continuer. Il poserait les questions et se donnerait à lui-même une réponse, comme s'il était un véritable sage.

Mais le corbeau s'envola. Élie attendait toujours l'arrivée des soldats de Jézabel, parce qu'il suffisait de mourir une fois.

*

Le jour passa, et rien de nouveau ne se produisit. Avaient-ils oublié que le principal ennemi du

45

dieu Baal était encore en vie ? Pourquoi Jézabel ne le poursuivait-elle pas, puisqu'elle savait probablement où il se trouvait ?

« Parce que j'ai vu ses yeux, et c'est une femme sage, se dit-il. Si je mourais, je deviendrais un martyr du Seigneur. Considéré comme un fugitif, je ne serai qu'un lâche qui ne croyait pas en ce qu'il disait. »

Oui, c'était cela la stratégie de la princesse.

*

Peu avant la tombée de la nuit, un corbeau – était-ce le même ? – vint se poser sur la branche sur laquelle il l'avait vu ce matin-là. Il tenait dans son bec un petit morceau de viande que par inadvertance il laissa tomber.

Pour Élie, ce fut un miracle. Il courut jusque sous l'arbre, saisit le morceau et le mangea. Il ignorait sa provenance et ne cherchait pas non plus à la connaître ; l'important était d'apaiser sa faim.

Malgré le mouvement brusque, le corbeau ne s'éloigna pas.

« Cet oiseau sait que je vais mourir de faim ici, pensa Élie. Il alimente sa proie pour avoir un meilleur festin. »

Jézabel aussi alimentait la foi en Baal par l'histoire de la fuite d'Élie.

Pendant quelque temps, ils restèrent – l'homme et l'oiseau – à se contempler mutuellement. Élie se rappela son jeu du matin.

« J'aimerais converser avec toi, corbeau. Ce matin, je pensais que les âmes avaient besoin de nourriture. Si mon âme n'est pas encore morte de faim, elle a encore quelque chose à dire. »

L'oiseau restait immobile.

« Et si elle a quelque chose à dire, je dois l'écouter. Puisque je n'ai plus personne à qui parler », continua Élie.

Faisant appel à son imagination, Élie se transforma en corbeau.

« Qu'est-ce que Dieu attend de toi ? se demanda-t-il à lui-même, comme s'il était le corbeau.

– Il attend que je sois un prophète.

– C'est ce qu'ont dit les prêtres. Mais ce n'est peut-être pas ce que désire le Seigneur.

– Si, c'est cela qu'Il veut. Car un ange est apparu dans la charpenterie, et il m'a demandé de parler à Achab. Les voix que j'entendais dans l'enfance...

– ... que tout le monde a entendues dans l'enfance, interrompit le corbeau.

– Mais tout le monde n'a pas vu un ange », remarqua Élie.

Cette fois, le corbeau ne répliqua pas. Au bout

d'un moment, l'oiseau – ou, mieux, son âme elle-même, qui délirait sous l'effet du soleil et de la solitude du désert – rompit le silence.

« Te souviens-tu de la femme qui faisait du pain ? » se demanda-t-il à lui-même.

Élie se souvenait. Elle était venue lui demander de fabriquer quelques plateaux. Tandis qu'il s'exécutait, il l'avait entendue dire que son travail était une façon d'exprimer la présence de Dieu.

« À la manière dont tu fabriques ces plateaux, je vois que tu éprouves la même sensation, avait-elle ajouté. Tu souris pendant que tu travailles. »

La femme classait les êtres humains en deux groupes : ceux qui étaient heureux et ceux qui se plaignaient de ce qu'ils faisaient. Ces derniers affirmaient que la malédiction que Dieu lança à Adam : « *Le sol sera maudit à cause de toi. C'est dans la peine que tu t'en nourriras tous les jours de ta vie* » était l'unique vérité. Ils n'avaient pas plaisir à travailler et s'ennuyaient les jours de fête, lorsqu'ils étaient obligés de se reposer. Ils se servaient des paroles du Seigneur comme d'une excuse pour leurs vies inutiles, oubliant qu'Il avait aussi dit à Moïse : « *Le Seigneur ton Dieu te bénira abondamment sur la terre qu'il te donne en héritage, pour la posséder.* »

48

« Oui, je me souviens de cette femme, répondit Élie au corbeau. Elle avait raison, j'aimais mon travail dans la charpenterie. » Chaque table qu'il montait, chaque chaise qu'il taillait lui permettaient de comprendre et d'aimer la vie, même s'il ne s'en rendait compte que maintenant. « Elle m'a expliqué que, si je parlais aux objets que je fabriquais, je serais surpris de constater que les tables et les chaises me répondraient, parce que j'y mettrais le meilleur de mon âme, et recevrais en échange la sagesse.

– Si tu n'avais pas été charpentier, tu n'aurais pas su non plus mettre ton âme hors de toi-même, faire semblant d'être un corbeau qui parle, et comprendre que tu es meilleur et plus sage que tu ne le penses. C'est dans la charpenterie que tu as découvert que le sacré est partout.

– J'ai toujours aimé faire semblant de parler aux tables et aux chaises que je fabriquais. N'était-ce pas suffisant ? La femme avait raison. Lorsque je conversais ainsi, il me venait souvent des pensées qui ne m'étaient jamais passées par la tête. Mais au moment où je commençais à comprendre que je pouvais servir Dieu de cette manière, l'ange est apparu et... Eh bien ! tu connais la suite de l'histoire.

– L'ange est apparu parce que tu étais prêt, repartit le corbeau.

– J'étais un bon charpentier.

– Cela faisait partie de ton apprentissage. Quand un homme marche vers son destin, il est bien souvent forcé de changer de direction. Parfois, les circonstances extérieures sont les plus fortes, et il est obligé de se montrer lâche et de céder. Tout cela fait partie de l'apprentissage. »

Élie écoutait avec attention ce que disait son âme.

« Mais personne ne peut perdre de vue ce qu'il désire. Même si, à certains moments, on croit que le monde et les autres sont les plus forts. Le secret est le suivant : ne pas renoncer.

– Je n'ai jamais pensé être un prophète, dit Élie.

– Tu l'as pensé. Mais tu as été convaincu que c'était impossible. Ou que c'était dangereux. Ou que c'était impensable. »

Élie se leva.

« Pourquoi me dis-je des choses que je ne veux pas entendre ? » s'écria-t-il.

Effrayé par ce mouvement, l'oiseau s'enfuit.

*

Le corbeau revint le lendemain matin. Plutôt que de reprendre la conversation, Élie l'observa, car l'animal parvenait toujours à se nourrir et lui apportait même quelques restes.

Une mystérieuse amitié se développa entre eux, et Élie commença à apprendre grâce à l'oiseau. Il vit comment il trouvait sa nourriture dans le désert et découvrit qu'il pourrait survivre quelques jours de plus s'il réussissait à en faire autant. Quand le vol du corbeau devenait circulaire, Élie savait qu'il y avait une proie à proximité; il courait alors jusqu'à l'endroit et tentait de la capturer. Au début, beaucoup des petits animaux parvenaient à lui échapper, mais peu à peu, à force d'entraînement, il acquit une certaine habileté. Il se servait de branches en guise de lances et creusait des pièges qu'il dissimulait sous une fine couche de cailloux et de sable. Lorsque la proie tombait, Élie partageait sa nourriture avec le corbeau et en gardait une partie pour servir d'appât.

Mais la solitude dans laquelle il se trouvait était terriblement oppressante, si bien qu'il décida de converser de nouveau avec l'oiseau.

« Qui es-tu ? demanda le corbeau.

– Je suis un homme qui a découvert la paix, répondit Élie. Je peux vivre dans le désert, subvenir à mes besoins, et contempler l'infinie beauté de la création divine. J'ai découvert que j'avais en moi une âme meilleure que je ne pensais. »

Ils continuèrent à chasser ensemble au clair de

lune. Alors, une nuit que son âme était possédée par la tristesse, il décida de se demander de nouveau :

« Qui es-tu ?

— Je ne sais pas. »

*

Un autre clair de lune mourut et renaquit dans le ciel. Élie sentait que son corps était plus fort, et son esprit plus clair. Cette nuit-là, il se tourna vers le corbeau, toujours posé sur la même branche, et répondit à la question qu'il avait lancée quelque temps auparavant :

« Je suis un prophète. J'ai vu un ange pendant que je travaillais, et je ne peux pas douter de ce dont je suis capable, même si tous les hommes du monde m'affirment le contraire. J'ai provoqué un massacre dans mon pays parce que j'ai défié la bien-aimée de mon roi. Je suis dans le désert – comme j'ai été avant dans une charpenterie – parce que mon âme m'a dit qu'un homme devait passer par différentes étapes avant d'accomplir son destin.

— Oui, maintenant tu sais qui tu es », commenta le corbeau.

Cette nuit-là, lorsque Élie rentra de la chasse, il voulut boire un peu d'eau mais le Kerith était asséché. Il était tellement fatigué qu'il décida de dormir.

Dans son rêve, apparut l'ange gardien qu'il ne voyait pas depuis longtemps.

« L'ange du Seigneur a parlé à ton âme, dit celui-ci. Et il a ordonné : " *Va-t'en d'ici, dirige-toi vers l'Orient et cache-toi dans le ravin du Kerith, qui est à l'est du Jourdain. Tu boiras au torrent ; et j'ai ordonné aux corbeaux de te ravitailler là-bas.* "

— Mon âme a écouté, dit Élie dans son rêve.

— Alors réveille-toi. L'ange du Seigneur me prie de m'éloigner, et il veut parler avec toi. »

Élie se leva d'un bond, effrayé. Que s'était-il passé ?

Malgré la nuit, l'endroit se remplit de lumière, et l'ange du Seigneur apparut.

« Qu'est-ce qui t'a mené ici ? demanda l'ange.

— C'est toi qui m'as mené ici.

— Non. Jézabel et ses soldats t'ont poussé à fuir. Ne l'oublie jamais, car ta mission est de venger le Seigneur ton Dieu.

— Je suis prophète, puisque tu es devant moi et que j'écoute ta voix, dit Élie. J'ai changé maintes fois de direction, tous les hommes font cela. Mais je suis prêt à aller jusqu'à Samarie et à détruire Jézabel.

— Tu as trouvé ton chemin, mais tu ne peux

pas détruire sans apprendre à reconstruire. Je t'ordonne : " *Lève-toi, et va à Sarepta qui appartient à Sidon, tu y habiteras ; j'ai ordonné là-bas à une femme, une veuve, de te ravitailler.* " »

Le lendemain matin, Élie chercha le corbeau pour lui faire ses adieux. Pour la première fois depuis qu'il était arrivé au bord du Kerith, l'oiseau n'apparut pas.

ÉLIE VOYAGEA PENDANT DES JOURS ET ATTEIGNIT ENFIN la vallée où se trouvait la cité de Sarepta, à laquelle ses habitants donnaient le nom d'Akbar. Alors qu'il était à bout de forces, il aperçut une femme, vêtue de noir, qui ramassait du bois. La végétation de la vallée était rase, de sorte qu'elle devait se contenter de menu bois sec.

« Qui es-tu ? » demanda-t-il.

La femme regarda l'étranger, sans comprendre ses paroles.

« Donne-moi de l'eau, dit Élie. Je suis seul, j'ai faim et soif, et je n'ai plus assez de forces pour menacer personne.

— Tu n'es pas d'ici, dit-elle enfin. À ta façon de parler, tu viens sans doute du royaume d'Israël. Si tu me connaissais mieux, tu saurais que je n'ai rien.

— Tu es veuve, m'a dit le Seigneur. Et j'ai

moins que toi. Si tu ne me donnes pas maintenant de quoi manger et boire, je vais mourir. »

La femme eut peur. Comment cet étranger pouvait-il connaître sa vie ?

« Un homme devrait avoir honte de réclamer de la nourriture à une femme, répliqua-t-elle en se ressaisissant.

– Fais ce que je te demande, je t'en prie », insista Élie, sentant que les forces commençaient à lui manquer. « Dès que j'irai mieux, je travaillerai pour toi. »

La femme rit.

« Il y a un instant, tu m'as dit une vérité : je suis veuve, j'ai perdu mon mari sur l'un des navires de mon pays. Je n'ai jamais vu l'océan, mais je sais que, comme le désert, il tue celui qui le brave. »

Et elle poursuivit :

« Maintenant, tu me dis un mensonge. Aussi vrai que Baal vit en haut de la Cinquième Montagne, je n'ai rien à manger. Il y a tout juste une poignée de farine dans une cruche et un peu d'huile dans une jarre. »

Élie sentit que l'horizon vacillait et il comprit qu'il allait bientôt s'évanouir. Rassemblant le peu d'énergie qui lui restait, il implora pour la dernière fois :

« Je ne sais pas si tu crois aux songes, ni si j'y crois moi-même. Pourtant le Seigneur m'a annoncé qu'en arrivant ici, je te rencontrerais. Il a déjà fait des choses qui m'ont fait douter de Sa sagesse, mais jamais de Son existence. Et ainsi, le Dieu d'Israël m'a prié de dire à la femme que je rencontrerais à Sarepta :

> *Cruche de farine ne se videra,*
> *jarre d'huile ne se désemplira*
> *jusqu'au jour où le Seigneur*
> *donnera la pluie à la surface du sol.* »

Sans expliquer comment un tel miracle pouvait se produire, Élie s'évanouit.

La femme demeura immobile à regarder l'homme tombé à ses pieds. Elle savait que le Dieu d'Israël n'était qu'une superstition. Les dieux phéniciens étaient bien plus puissants et ils avaient fait de son pays une des nations les plus respectées du monde. Mais elle était contente ; elle vivait en général en demandant l'aumône, et aujourd'hui, pour la première fois depuis très longtemps, un homme avait besoin d'elle. Elle se sentit plus forte. En fin de compte, il y avait des gens dans une situation pire que la sienne.

« Si quelqu'un me réclame une faveur, c'est que j'ai encore une certaine valeur sur cette terre, pensa-t-elle. Je ferai ce qu'il demande, simplement pour soulager sa souffrance. Moi aussi j'ai connu la faim, et je sais comme elle détruit l'âme. »

Elle retourna jusque chez elle et revint avec un morceau de pain et une cruche d'eau. Elle s'agenouilla, posa contre elle la tête de l'étranger et mouilla ses lèvres. Au bout de quelques minutes, il recouvra les sens.

Elle lui tendit le pain, et Élie mangea en silence, tout en regardant la vallée, les défilés, les montagnes qui pointaient silencieusement vers le ciel. Il apercevait les murailles rouges de la cité de Sarepta, dominant le passage par la vallée.

« Donne-moi l'hospitalité, je suis poursuivi dans mon pays, dit-il.

— Quel crime as-tu commis ?

— Je suis un prophète du Seigneur. Jézabel a ordonné la mort de tous ceux qui refusaient d'adorer les dieux phéniciens.

— Quel âge as-tu ?

— Vingt-trois ans. »

Elle regarda avec compassion le jeune homme qui se tenait devant elle. Il avait les cheveux longs et sales. Il portait la barbe, une barbe encore clairsemée, comme s'il désirait paraître plus vieux qu'il ne l'était réellement. Comment un malheureux pareil pouvait-il braver la princesse la plus puissante du monde ?

« Si tu es ennemi de Jézabel, tu es aussi mon

ennemi. Elle est princesse de Tyr et, en épousant son roi, elle a reçu pour mission de convertir son peuple à la foi authentique. C'est ce qu'affirment ceux qui l'ont connue. »

Elle indiqua l'un des pics qui encadraient la vallée.

« Nos dieux habitent au sommet de la Cinquième Montagne depuis des générations. Ils parviennent à maintenir la paix dans notre pays. Mais Israël vit dans la guerre et la souffrance. Comment peut-on continuer à croire au Dieu unique ? Qu'on donne à Jézabel le temps d'accomplir sa tâche et tu verras la paix régner aussi dans vos cités.

– J'ai entendu la voix du Seigneur, répondit Élie. Quant à vous, vous n'êtes jamais montés au sommet de la Cinquième Montagne pour savoir ce qu'il y a là-haut.

– Celui qui gravira ce mont mourra par le feu des cieux. Les dieux n'aiment pas les inconnus. »

Elle se tut. Elle s'était souvenue que, la nuit dernière, elle avait vu en rêve une lumière vive, d'où sortait une voix disant : « Reçois l'étranger qui viendra à ta recherche. »

« Donne-moi l'hospitalité, je n'ai nulle part où dormir, insista Élie.

– Je te l'ai déjà dit, je suis pauvre. J'ai à peine assez pour moi et pour mon fils.

« — Le Seigneur t'a priée de me permettre de rester, jamais Il n'abandonne quelqu'un qui aime. Je t'en prie. Je serai ton employé. Je suis charpentier, je sais travailler le cèdre, et j'aurai de quoi faire. Ainsi, le Seigneur se servira de mes mains pour tenir Sa promesse : " *Cruche de farine ne se videra, jarre d'huile ne se désemplira jusqu'au jour où le Seigneur donnera la pluie à la surface du sol.* "

— Même si je le voulais, je n'aurais pas de quoi te payer.

— C'est inutile. Le Seigneur y pourvoira. »

Déconcertée par son rêve de la nuit, et bien qu'elle sût que l'étranger était un ennemi de la princesse de Sidon, la femme décida d'obéir.

Les voisins découvrirent bientôt la présence d'Élie. Les gens racontèrent que la veuve avait installé un étranger dans sa demeure, sans respecter la mémoire de son mari – un héros qui avait trouvé la mort alors qu'il cherchait à étendre les routes commerciales de son pays.

Dès qu'elle eut connaissance de ces rumeurs, la veuve expliqua qu'il s'agissait d'un prophète israélite affamé et assoiffé. Et la nouvelle se répandit qu'un prophète israélite, fuyant Jézabel, était caché dans la cité. Une commission alla consulter le grand prêtre.

« Qu'on amène l'étranger devant moi », ordonna-t-il.

Ainsi fut fait. Cet après-midi-là, Élie fut conduit devant l'homme qui, avec le gouverneur et le chef militaire, contrôlait tout ce qui se passait à Akbar.

« Qu'es-tu venu faire ici ? demanda-t-il. Ne vois-tu pas que tu es un ennemi de notre pays ?

— Pendant des années j'ai négocié avec le Liban, et je respecte ton peuple et tes coutumes. Je suis ici parce que je suis persécuté en Israël.

— J'en connais la raison, dit le prêtre. C'est une femme qui t'a fait fuir ?

— Cette femme est la plus belle créature que j'aie rencontrée, quoique je me sois trouvé quelques minutes seulement devant elle. Mais son cœur est de pierre, et derrière ses yeux verts se cache l'ennemi qui entend détruire mon pays. Je n'ai pas fui : j'attends simplement le moment opportun de retourner là-bas. »

Le prêtre rit.

« Alors, prépare-toi à rester à Akbar le reste de ta vie. Nous ne sommes pas en guerre avec ton pays. Tout ce que nous désirons, c'est que la foi authentique se répande — par des moyens pacifiques — à travers le monde entier. Nous ne voulons pas répéter les atrocités que vous avez commises quand vous vous êtes installés en Canaan.

— Assassiner les prophètes est-il un moyen pacifique ?

— Si l'on coupe la tête du monstre, il cesse d'exister. Quelques-uns peuvent mourir, mais les guerres de religion seront évitées pour toujours.

Et, d'après ce que m'ont raconté les commerçants, c'est un prophète nommé Élie qui est à
l'origine de tout cela et qui ensuite s'est enfui. »

Le prêtre le regarda fixement, avant de poursuivre :

« Un homme qui te ressemblait.

— C'est moi, répondit Élie.

— Parfait. Sois le bienvenu dans la cité
d'Akbar. Lorsque nous aurons besoin d'obtenir
quelque chose de Jézabel, nous la paierons avec ta
tête – la meilleure monnaie d'échange que nous
ayons. En attendant, cherche un emploi et
apprends à subvenir à tes besoins, ici il n'y a pas
de place pour les prophètes. »

Élie se préparait à partir quand le prêtre
reprit :

« On dirait qu'une jeune femme de Sidon est
plus puissante que ton Dieu unique. Elle a réussi
à ériger un autel à Baal, et les anciens prêtres
s'agenouillent maintenant devant lui.

— Tout se passera ainsi que le Seigneur l'a
écrit, répliqua le prophète. À certains moments,
nos vies connaissent des tribulations et nous ne
pouvons les éviter. Mais elles ont un motif.

— Lequel ?

— À cette question nous ne pouvons répondre
avant, ou pendant, les difficultés. C'est seulement
une fois que nous les avons surmontées que nous
comprenons pourquoi elles sont survenues. »

*

Sitôt qu'Élie fut parti, le grand prêtre convoqua la commission de citoyens qui était venue le trouver le matin.

« Ne vous en faites pas, dit-il. La tradition nous commande de donner refuge aux étrangers. En outre, ici, il est sous notre contrôle et nous pourrons surveiller ses allées et venues. La meilleure manière de connaître et de détruire un ennemi, c'est de feindre de devenir son ami. Quand arrivera le bon moment, il sera livré à Jézabel, et notre cité recevra de l'or et des récompenses. D'ici là, nous aurons appris comment anéantir ses idées ; pour le moment, nous savons seulement comment détruire son corps. »

Bien qu'Élie fût un adorateur du Dieu unique et un ennemi potentiel de la princesse, le prêtre exigea que le droit d'asile fût respecté. Tous connaissaient la vieille tradition : si une cité refusait d'accueillir un voyageur, les fils de ses habitants connaîtraient semblable malheur. Comme la progéniture de bon nombre des citoyens d'Akbar était dispersée sur la gigantesque flotte marchande du pays, nul n'osa braver la loi de l'hospitalité.

En outre, cela ne coûtait rien d'attendre le jour

où la tête du prophète juif serait échangée contre de grandes quantités d'or.

*

Ce soir-là, Élie dîna en compagnie de la veuve et de son fils. Comme le prophète israélite constituait désormais une précieuse monnaie d'échange susceptible d'être négociée plus tard, certains commerçants avaient envoyé suffisamment de nourriture pour permettre à la famille de s'alimenter pendant une semaine.

« On dirait que le Seigneur d'Israël tient sa parole, remarqua la veuve. Depuis que mon mari est mort, jamais ma table n'a été aussi opulente. »

ÉLIE S'INTÉGRA PEU À PEU À LA VIE DE SAREPTA. Comme tous ses habitants, il se mit à l'appeler Akbar. Il fit la connaissance du gouverneur, du commandant de la garnison, du grand prêtre, des maîtres artisans qui travaillaient le verre et que l'on admirait dans toute la région. Quand on lui demandait ce qu'il faisait là, il disait la vérité : Jézabel tuait tous les prophètes en Israël.

« Tu es un traître à ton pays, et un ennemi de la Phénicie, rétorquait-on. Mais nous sommes une nation de commerçants, et nous savons que, plus un homme est dangereux, plus élevé est le prix de sa tête. »

Ainsi passèrent quelques mois.

À L'ENTRÉE DE LA VALLÉE, DES PATROUILLES assyriennes avaient installé leur campement et semblaient bien disposées à y rester. C'était un petit groupe de soldats qui ne représentait aucune menace. Néanmoins, le commandant invita le gouverneur à prendre des mesures.

« Ils ne nous ont rien fait, remarqua le gouverneur. Ils sont sans doute en mission commerciale, cherchant un meilleur itinéraire pour acheminer leurs produits. S'ils décident d'utiliser nos routes, ils paieront des impôts, et nous serons encore plus riches. Pourquoi les provoquer ? »

Pour aggraver la situation, le fils de la veuve tomba malade, sans aucune raison apparente. Les voisins attribuèrent l'événement à la présence de l'étranger, et la femme pria Élie de s'en aller. Mais il n'en fit rien – le Seigneur ne l'avait pas encore appelé. Le bruit commença à se répandre que cet étranger avait apporté avec lui la colère des dieux de la Cinquième Montagne.

On pouvait contrôler l'armée et rassurer la population sur l'arrivée des patrouilles assyriennes. Mais lorsque le fils de la veuve tomba malade, le gouverneur eut de plus en plus de mal à apaiser les gens, que la présence d'Élie inquiétait.

Une commission d'habitants vint le trouver pour lui faire une proposition :

« Nous pouvons construire une maison pour l'Israélite de l'autre côté des murailles. Ainsi, nous ne violons pas la loi de l'hospitalité, mais nous nous protégeons contre la colère divine. Les dieux sont mécontents de la présence de cet homme.

— Laissez-le où il est, répondit le gouverneur. Je préfère ne pas créer de problèmes politiques avec Israël.

— Comment ! s'exclamèrent les habitants. Jézabel pourchasse tous les prophètes qui adorent le Dieu unique, elle veut leur mort.

— Notre princesse est une femme courageuse, et fidèle aux dieux de la Cinquième Montagne. Mais, malgré tout son pouvoir actuel, elle n'est pas israélite. Elle peut tomber en disgrâce demain, et il nous faudra affronter la colère de nos voisins. Si nous montrons que nous traitons bien un de leurs prophètes, ils seront complaisants à notre égard. »

Les habitants partirent contrariés, car le grand prêtre avait dit qu'Élie serait un jour échangé contre de l'or et des récompenses. D'ici là, même si le gouverneur faisait erreur, ils ne pouvaient rien faire : selon la tradition, on devait respecter la famille gouvernante.

AU LOIN, À L'ENTRÉE DE LA VALLÉE, LES TENTES DES guerriers assyriens commencèrent à se multiplier.

Le commandant s'en inquiétait, mais il n'avait le soutien ni du prêtre, ni du gouverneur. Il obligeait ses guerriers à s'entraîner en permanence, tout en sachant qu'aucun d'eux – pas plus que leurs aïeux – n'avait l'expérience du combat. Les guerres appartenaient au passé d'Akbar, et toutes les stratégies qu'il avait apprises étaient rendues obsolètes par les techniques et les armes nouvelles qu'utilisaient les pays étrangers.

« Akbar a toujours négocié sa paix, affirmait le gouverneur. Ce n'est pas cette fois que nous serons envahis. Laisse les pays étrangers se battre entre eux : nous, nous avons une arme beaucoup plus puissante, l'argent. Lorsqu'ils auront fini de se détruire mutuellement, nous entrerons dans leurs cités – et nous vendrons nos produits. »

Le gouverneur réussit à tranquilliser la population au sujet des Assyriens. Mais le bruit courait toujours que l'Israélite avait attiré la malédiction des dieux sur Akbar. Élie représentait un problème qui s'aggravait chaque jour.

*

Un après-midi, l'état du petit garçon empira. Il ne parvenait déjà plus à se tenir debout, ni à reconnaître les gens qui venaient lui rendre visite. Avant que le soleil ne descendît sur l'horizon, Élie et la femme s'agenouillèrent près du lit de l'enfant.

« Seigneur tout-puissant, Toi qui as dévié les flèches du soldat et m'as mené jusqu'ici, fais que cet enfant soit sauf. Il est innocent de mes péchés et des péchés de ses parents. Sauve-le, Seigneur. »

L'enfant ne bougeait presque plus ; ses lèvres étaient blanches, ses yeux perdaient rapidement leur éclat.

« Adresse une prière à ton Dieu unique, demanda la femme. Parce que seule une mère est capable de reconnaître le moment où l'âme de son fils est en train de s'en aller. »

Élie eut envie de lui prendre la main, de lui dire qu'elle n'était pas seule, et que le Dieu tout-puissant devrait exaucer son souhait. Il était prophète, il avait accepté cette mission sur les rives du Kerith, et désormais les anges se tenaient à ses côtés.

« Je n'ai plus de larmes, continua-t-elle. S'Il n'a pas de compassion, s'Il a besoin d'une vie, alors prie-Le de m'emporter et de laisser mon fils se promener dans la vallée et par les rues d'Akbar. »

Élie fit son possible pour se concentrer sur son oraison ; mais la souffrance de cette mère était si intense qu'elle semblait emplir la chambre et pénétrer partout, dans les murs et les portes.

Il toucha le corps du gamin. Sa température n'était plus aussi élevée que les jours précédents, et c'était mauvais signe.

*

Le prêtre était passé à la maison le matin et, comme il l'avait fait durant deux semaines, il avait appliqué des cataplasmes d'herbes sur le visage et la poitrine de l'enfant. Ces jours derniers, les femmes d'Akbar avait apporté des remèdes dont les recettes s'étaient transmises de génération en génération au fil des siècles et dont le pouvoir de guérison avait été démontré en maintes occasions. Tous les après-midi, elles se réunissaient au pied de la Cinquième Montagne et faisaient des sacrifices pour que l'âme du petit ne quittât pas son corps.

Ému par tous ces événements, un marchand égyptien de passage dans la cité remit sans se faire payer une poudre rouge, très onéreuse, qui devait être mélangée à la nourriture de l'enfant. Selon la légende, le secret de fabrication de cette poudre avait été confié aux médecins égyptiens par les dieux eux-mêmes.

Élie avait prié sans arrêt tout ce temps.

Mais rien, absolument rien, aucun progrès.

*

« Je sais pourquoi ils t'ont permis de rester ici », dit la femme, d'une voix de plus en plus éteinte parce qu'elle avait passé plusieurs jours sans dormir. « Je sais que ta tête est mise à prix et qu'un jour tu seras envoyé en Israël, où on t'échangera contre de l'or. Si tu sauves mon fils, je jure par Baal et par les dieux de la Cinquième Montagne que tu ne seras jamais capturé. Je connais des chemins que cette génération a oubliés, et je t'apprendrai comment t'enfuir d'Akbar sans que l'on te voie. »

Élie resta silencieux.

« Adresse une prière à ton Dieu unique, supplia de nouveau la femme. S'Il sauve mon fils, je jure que je renierai Baal et que je croirai en Lui. Explique à ton Seigneur que je t'ai donné refuge quand tu en as eu besoin, que j'ai fait exactement ce qu'Il avait ordonné. »

Élie pria encore, et il implora de toutes ses forces. À ce moment précis, l'enfant bougea.

« Je veux sortir d'ici », dit l'enfant d'une voix faible.

Les yeux de la mère brillaient de contentement, et ses larmes coulaient.

« Viens, mon fils. Allons où tu veux, fais ce que tu désires. »

Élie tenta de prendre l'enfant dans ses bras, mais le petit écarta sa main.

« Je veux sortir seul. »

Il se leva lentement et se dirigea vers la salle. Au bout de quelques pas, il tomba sur le sol, comme foudroyé.

Élie et la veuve s'approchèrent. Le gamin était mort.

Il y eut un instant pendant lequel ni l'un ni l'autre ne parlèrent. Tout à coup, la femme se mit à hurler.

« Maudits soient les dieux, maudits soient ceux qui ont emporté l'âme de mon fils ! Maudit soit l'homme qui a porté le malheur sur ma maison ! Mon fils unique ! criait-elle. J'ai respecté la volonté des cieux, j'ai été généreuse avec un étranger, et finalement mon fils est mort ! »

Les voisins écoutèrent les lamentations de la veuve et virent son fils étendu sur le sol. Elle continuait à crier, donnant des coups de poing au prophète israélite qui se tenait debout à côté d'elle – il semblait avoir perdu toute capacité de réaction et ne faisait rien pour se défendre. Pendant que les femmes essayaient de la calmer, les hommes saisirent Élie par le bras et l'emmenèrent devant le gouverneur.

« Cet homme a rétribué la générosité par la haine. Il a jeté un sortilège sur la maison de la veuve dont le fils est mort. Nous donnons refuge à un individu maudit par les dieux. »

L'Israélite pleurait : « Seigneur, mon Dieu, même à cette veuve qui a été généreuse avec moi Tu veux du mal ? songeait-il. Si Tu as fait mourir son fils, c'est parce que je n'accomplis pas la mission qui m'a été confiée, et je mérite la mort. »

*

Dans la soirée, le conseil de la cité d'Akbar fut réuni, sous la présidence du prêtre et du gouverneur. Élie fut traduit en jugement.

« Tu as décidé de rétribuer l'amour par la haine. Pour cela, je te condamne à mort, décréta le gouverneur.

– Même si ta tête vaut un sac d'or, nous ne

75

pouvons pas réveiller la colère des dieux de la Cinquième Montagne. Sinon, après cela, plus personne en ce monde ne sera capable de rendre la paix à cette cité », ajouta le prêtre.

Élie baissa la tête. Il méritait toute la souffrance qu'il pourrait supporter, parce que le Seigneur l'avait abandonné.

« Tu partiras gravir la Cinquième Montagne, ordonna le prêtre. Tu demanderas pardon aux dieux offensés. Ils feront descendre le feu des cieux pour te tuer. S'ils s'en abstiennent, c'est qu'ils désirent que la justice soit accomplie par nos mains ; nous attendrons ton retour, et demain tu seras exécuté, selon le rituel. »

Élie connaissait bien les exécutions sacrées : on arrachait le cœur de la victime et on lui coupait la tête. Selon la coutume, un homme qui n'avait plus de cœur ne pouvait entrer au Paradis.

« Pourquoi m'as-Tu choisi pour cela, Seigneur ? » s'écria-t-il à voix haute, sachant que les hommes qui l'entouraient ne comprendraient pas le choix que le Seigneur avait fait pour lui. « Ne vois-tu pas que je suis incapable d'accomplir ce que tu exiges ? »

Il n'entendit pas de réponse.

LES HOMMES ET LES FEMMES D'AKBAR SUIVIRENT EN
procession le groupe de gardes qui emmenait
l'Israélite jusqu'au pied de la Cinquième Montagne. Ils criaient des insultes et lui jetaient des
pierres. Les soldats parvinrent à grand-peine à
contenir la fureur de la foule. Au bout d'une
demi-heure de marche, ils atteignirent la montagne sacrée.

Le groupe s'arrêta devant les autels de pierre
sur lesquels le peuple avait coutume de déposer
les offrandes, de consommer les sacrifices, de
prononcer vœux et prières. Tous connaissaient la
légende des géants qui vivaient là et se souve-
naient des individus qui, bravant l'interdit,
avaient été frappés par le feu du ciel. Les voyageurs qui empruntaient de nuit le chemin de la
vallée assuraient avoir entendu les rires des dieux
et des déesses. Bien que l'on n'eût aucune certi-

tude de tout cela, personne ne se risquait à défier les dieux.

« Allons-y, dit un soldat, en poussant Élie de la pointe de sa lance. Celui qui a tué un enfant mérite le pire des châtiments. »

*

Élie foula le sol interdit et commença à gravir la pente. Quand il eut marché assez longtemps pour ne plus percevoir les cris des habitants d'Akbar, il s'assit sur un rocher et pleura : depuis cet après-midi, dans la charpenterie, où il avait vu des lumières scintiller dans l'obscurité, il n'avait réussi qu'à porter malheur aux autres. Le Seigneur avait perdu ses porte-parole en Israël et le culte des dieux phéniciens s'était renforcé. La première nuit qu'il avait passée près du ruisseau du Kerith, Élie avait cru que Dieu l'avait choisi pour qu'il devînt un martyr, comme cela s'était produit pour tant d'autres.

Bien au contraire, le Seigneur avait envoyé un corbeau – un oiseau de mauvais augure –, qui l'avait nourri jusqu'à ce que le Kerith fût asséché. Pourquoi un corbeau, et pas une colombe, ou un ange ? Tout cela n'avait-il été que le délire d'un homme désireux de cacher sa peur, ou dont la tête était restée trop longtemps exposée au soleil ? Élie n'était maintenant plus sûr de rien : peut-être le Mal avait-il trouvé son instrument et était-il, lui, cet instrument. Pourquoi, au lieu de s'en retourner et d'en finir avec la princesse qui causait tellement de tort à son peuple, Dieu lui avait-il ordonné de se rendre à Akbar ?

Il s'était senti lâche mais il avait obéi. Il avait lutté pour s'adapter à ce peuple inconnu, gentil, mais dont la culture lui était complètement étrangère. Au moment où il croyait accomplir son destin, le fils de la veuve était mort.

« Pourquoi moi ? » se demandait-il.

*

Il se leva, se remit en marche et pénétra dans le brouillard qui enveloppait le sommet de la montagne. Il pouvait profiter de l'absence de visibilité pour échapper à ses poursuivants, mais à quoi bon ? Il était fatigué de fuir, il savait que jamais il ne réussirait à trouver sa place dans ce monde. Même s'il parvenait à se sauver maintenant, la malédiction l'accompagnerait dans une autre cité, et de nouvelles tragédies se produiraient. Il emporterait avec lui, où qu'il allât, l'ombre de ces morts. Il valait mieux qu'on lui arrache le cœur de la poitrine et qu'on lui coupe la tête.

Il s'assit de nouveau, cette fois au beau milieu

du brouillard. Il était décidé à attendre un peu, de façon à laisser croire aux hommes en bas qu'il était monté jusqu'au sommet du mont. Ensuite il retournerait à Akbar et se laisserait capturer.

« Le feu du ciel. » Beaucoup en étaient morts, bien qu'Élie doutât qu'il fût envoyé par le Seigneur. Les nuits sans lune, son éclat traversait le firmament, apparaissant puis disparaissant brusquement. Peut-être brûlait-il. Peut-être tuait-il instantanément, sans souffrance.

*

La nuit tomba et le brouillard se dissipa. Il aperçut la vallée, en bas, les lumières d'Akbar et les feux du campement assyrien. Il écouta l'aboiement des chiens et le chant de guerre des guerriers.

« Je suis prêt, se dit-il. J'ai accepté d'être un prophète, et j'ai fait de mon mieux. Mais j'ai échoué, et maintenant Dieu a besoin de quelqu'un d'autre. »

À ce moment, une lumière descendit jusqu'à lui.

« Le feu du ciel ! »

La lumière, cependant, ne le toucha pas et demeura devant lui. Une voix dit :

« Je suis un ange du Seigneur. »

Élie s'agenouilla, le visage contre terre.

« Je t'ai déjà vu plusieurs fois, et j'ai obéi à l'ange du Seigneur qui me fait semer le malheur partout où je passe », répliqua Élie, toujours prosterné.

Mais l'ange reprit :

« Lorsque tu regagneras la cité, prie trois fois pour que l'enfant revienne à la vie. Le Seigneur t'entendra la troisième fois.

— Pour quoi ferais-je cela ?

— Pour la grandeur de Dieu.

— Quoi qu'il advienne, j'ai douté de moi-même. Je ne suis plus digne de ma tâche, rétorqua Élie.

— Tout homme a le droit de douter de sa tâche et d'y faillir de temps en temps. La seule chose qu'il ne puisse faire, c'est l'oublier. Celui qui ne doute pas de soi est indigne — car il a une confiance aveugle dans sa valeur et pèche par orgueil. Béni soit celui qui traverse des moments d'indécision.

— Il y a un instant, tu as pu voir que je n'étais même plus sûr que tu sois un émissaire de Dieu.

— Va, et fais ce que je dis. »

*

Un long moment s'écoula, puis Élie redescendit de la montagne. Les gardes l'attendaient près des autels de sacrifice, mais la foule s'en était déjà retournée à Akbar.

« Je suis prêt à mourir, déclara-t-il. J'ai imploré le pardon des dieux de la Cinquième Montagne, et ils exigent, avant que mon âme ne quitte mon corps, que je passe chez la veuve qui m'a accueilli et que je lui demande d'avoir pitié de mon âme. »

Les soldats le ramenèrent devant le prêtre. Là, ils transmirent sa requête.

« Je te l'accorde, dit le prêtre au prisonnier. Puisque tu as sollicité le pardon des dieux, tu dois aussi implorer celui de la veuve. Pour que tu ne t'enfuies pas, quatre soldats en armes t'accompagneront. Mais ne crois pas que tu réussiras à la convaincre de réclamer la clémence pour ta vie. Au lever du jour, nous t'exécuterons au centre de la place. »

Le prêtre voulut l'interroger sur ce qu'il avait vu là-haut. Mais, en présence des soldats, la réponse risquait de le mettre dans l'embarras. Il décida donc de ne rien dire. Il songeait toutefois que c'était une bonne idée qu'Élie demandât pardon publiquement ; plus personne ne mettrait en doute le pouvoir des dieux de la Cinquième Montagne.

Élie et les soldats s'engagèrent dans la ruelle

misérable où il avait habité pendant quelques mois. La porte et les fenêtres de la maison de la veuve étaient grandes ouvertes, afin que – selon la coutume – l'âme de son fils pût s'en aller rejoindre le séjour des dieux. Le corps était placé au centre de la petite salle, veillé par tous les voisins.

Quand ils virent apparaître l'Israélite, hommes et femmes furent horrifiés.

« Faites-le sortir d'ici ! crièrent-ils aux gardes. Le mal qu'il a déjà causé ne suffit-il pas ? Cet homme est tellement mauvais que les dieux de la Cinquième Montagne n'ont pas voulu souiller leurs mains de son sang !

– Laissez-nous la tâche de le tuer ! cria un autre. Nous allons le faire sur-le-champ, sans attendre l'exécution rituelle ! »

Affrontant les bourrades et les gifles, Élie se libéra des mains qui le retenaient, et il courut jusqu'à la veuve qui pleurait dans un coin.

« Je peux faire revenir ton fils d'entre les morts. Laisse-moi le toucher. Juste un instant. »

La veuve ne releva même pas la tête.

« Je t'en prie, insista-t-il. Même si c'est la dernière chose que tu fais pour moi dans cette vie, donne-moi une chance de te récompenser pour ta générosité. »

Des hommes s'emparèrent de lui, voulant

l'éloigner. Mais Élie se débattait et luttait de toutes ses forces, implorant qu'on le laissât toucher l'enfant mort.

Malgré sa vigueur, on parvint à le repousser sur le seuil. « Ange du Seigneur, où es-tu ? » s'écriat-il à l'adresse des cieux.

Tous s'arrêtèrent. La veuve s'était levée et elle se dirigeait vers lui. Elle le prit par la main, le conduisit jusqu'à la dépouille de son fils et retira le drap qui la recouvrait.

« Voici le sang de mon sang, dit-elle. Qu'il descende sur la tête de tes parents si tu ne réussis pas ce que tu désires. »

Il s'approcha pour le toucher.

« Un instant, dit la veuve. Prie ton Dieu que ma malédiction s'accomplisse. »

Le cœur d'Élie battait la chamade. Mais il croyait aux paroles de l'ange.

« Que le sang de cet enfant descende sur mes parents, sur mes frères et sur les fils et les filles de mes frères si j'échoue. »

Alors, malgré tous ses doutes, sa culpabilité et ses craintes,

« *il le prit des bras de la femme, et le porta dans la chambre haute où il logeait. Puis il invoqua les cieux en disant :*

" Veux-tu du mal, Seigneur, même à cette veuve qui m'a donné l'hospitalité, au point que tu fasses mourir son fils ?"

84

*Il s'étendit trois fois sur l'enfant et invoqua le
Seigneur en disant : " Seigneur mon Dieu, que le
souffle de cet enfant revienne en lui ! " »*

Pendant quelques instants, rien ne se passa.
Élie se vit de nouveau à Galaad, devant le soldat,
la flèche pointée sur son cœur. Il savait que très
souvent le destin d'un homme n'a rien à voir avec
ce qu'il croit ou redoute. Il se sentait tranquille et
confiant comme cet après-midi-là, car il savait
que, quelle que fût l'issue, il y avait une raison à
tout cela. Au sommet de la Cinquième Montagne,
l'ange avait appelé cette raison « la grandeur de
Dieu ». Il espérait comprendre un jour pourquoi
le Créateur avait besoin de Ses créatures pour
montrer cette gloire.

C'est alors que l'enfant ouvrit les yeux.

« Où est ma mère ? demanda-t-il.

– Là en bas, elle t'attend, répondit Élie en souriant.

– J'ai fait un rêve étrange. Je voyageais dans
un tunnel noir, à une vitesse bien plus grande que
le cheval de course le plus rapide d'Akbar. J'ai vu
un homme, dont je sais qu'il était mon père, bien
que je ne l'aie jamais connu. Alors je suis arrivé
dans un endroit magnifique, où j'aurais beaucoup aimé rester. Mais un autre homme – je ne le
connais pas, mais il m'a paru très bon et très
brave – m'a demandé doucement de revenir.

85

J'aurais voulu aller plus loin, mais tu m'as réveillé. »

L'enfant semblait triste. Ce lieu dans lequel il était presque entré devait être fort beau.

« Ne me laisse pas seul, car tu m'as fait revenir d'un endroit où je savais que j'étais protégé.

— Descendons, dit Élie. Ta mère veut te voir. »

L'enfant essaya de se lever, mais il était trop faible pour marcher. Élie le prit contre lui, et ils descendirent.

*

En bas, dans la salle, les gens semblaient saisis d'une profonde terreur.

« Pourquoi y a-t-il tant de monde ici ? » demanda l'enfant.

Avant qu'Élie ait pu répondre, la veuve prit son fils dans ses bras et l'embrassa en pleurant.

« Qu'est-ce qu'ils t'ont fait, maman ? Pourquoi es-tu triste ?

— Je ne suis pas triste, mon fils, répondit-elle en séchant ses larmes. Je n'ai jamais été aussi heureuse de ma vie. »

La veuve se jeta à genoux et se mit à crier :

« Je sais maintenant que tu es un homme de Dieu ! La vérité du Seigneur sort de tes paroles ! »

Élie la serra dans ses bras et lui demanda de se relever.

« Libérez cet homme ! dit-elle aux soldats. Il a combattu le mal qui s'était abattu sur ma maison ! »

Les gens réunis là ne pouvaient en croire leurs yeux. Une jeune fille de vingt ans, qui était peintre, s'agenouilla près de la veuve. Peu à peu, tous l'imitèrent – même les soldats qui étaient chargés de conduire Élie en captivité.

« Levez-vous, pria-t-il. Et adorez le Seigneur. Je ne suis qu'un de Ses serviteurs, peut-être le plus mal préparé. »

Mais tous restaient à genoux, tête baissée.

Il entendit quelqu'un qui disait : « Tu as conversé avec les dieux de la Cinquième Montagne. Et maintenant tu peux faire des miracles.

– Il n'y a pas de dieux là-bas, répliqua-t-il. J'ai vu un ange du Seigneur, qui m'a ordonné de faire cela.

– Tu as rencontré Baal et ses frères », renchérit un autre.

Élie se fraya un chemin parmi les gens à genoux et sortit dans la rue. Son cœur cognait toujours dans sa poitrine, comme s'il n'avait pas correctement accompli la tâche que l'ange lui avait assignée. « À quoi bon ressusciter un mort, si personne ne comprend d'où vient tant de pouvoir ? » L'ange lui avait demandé de crier trois fois le nom du Seigneur mais il ne lui avait rien dit sur la façon d'expliquer le miracle à la foule amassée en bas. « Serait-ce que, comme les anciens prophètes, je me suis contenté de faire preuve de vanité ? » se demandait-il.

Il entendit la voix de son ange gardien, avec lequel il conversait depuis son enfance :

« Tu as rencontré aujourd'hui un ange du Seigneur.

— Oui, répondit Élie. Mais les anges du Seigneur ne conversent pas avec les hommes. Ils ne font que transmettre les ordres de Dieu.

— Sers-toi de ton pouvoir », commanda l'ange gardien.

Élie ne comprit pas ce qu'il entendait par là. « Je n'ai pas de pouvoir qui ne vienne du Seigneur.

— Personne n'en a. Tout le monde possède le pouvoir du Seigneur, mais personne ne s'en sert. »

Et l'ange ajouta :

« Désormais, et jusqu'à ce que tu retournes dans le pays que tu as quitté, aucun autre miracle ne te sera accordé.

— Et quand y retournerai-je ?

— Le Seigneur a besoin de toi pour reconstruire Israël. Tu fouleras de nouveau son sol lorsque tu auras appris à reconstruire. »

Et il n'en dit pas plus.

Seconde partie

L E GRAND PRÊTRE ADRESSA SES PRIÈRES AU SOLEIL
qui se levait et demanda au dieu de la tempête, ainsi qu'à la déesse des animaux, d'avoir
pitié des fous. On lui avait raconté, ce matin-là,
qu'Élie avait ramené le fils de la veuve du
royaume des morts.

La cité en était effrayée et excitée tout à la fois.
Ils croyaient tous que l'Israélite avait reçu son
pouvoir des dieux sur la Cinquième Montagne, si
bien que désormais il était beaucoup plus difficile
d'en finir avec lui. « Mais l'heure viendra », se dit
le prêtre.

Les dieux lui donneraient l'occasion de tuer cet
homme. Pourtant, la colère divine avait un autre
motif, et la présence des Assyriens à l'entrée de la
vallée était un signe. Pourquoi des siècles de paix
prendraient-ils fin ainsi ? Il connaissait la réponse
à cette question : à cause de l'invention de Byblos.

Son pays avait développé une forme d'écriture accessible à tous – même à ceux qui n'étaient pas préparés à l'utiliser. N'importe qui pouvait l'apprendre en peu de temps, et ce serait la fin de la civilisation.

Le prêtre savait que, de toutes les armes de destruction inventées par l'homme, la plus terrible – et la plus puissante – était la parole. Poignards et lances laissaient des traces de sang; les flèches se voyaient de loin; on finissait par détecter les poisons et par les éviter. Mais la parole parvenait à détruire sans laisser de traces. Si les rituels sacrés pouvaient être diffusés, bien des gens s'en serviraient pour tenter de transformer l'univers, et les dieux en seraient perturbés. Jusque-là, seule la caste sacerdotale détenait la mémoire des ancêtres – que l'on se transmettait oralement, sous le serment que les informations seraient maintenues secrètes. Ou alors, il fallait des années d'étude pour arriver à déchiffrer les caractères que les Égyptiens avaient répandus de par le monde; ainsi, seuls ceux qui étaient très préparés, scribes et prêtres, étaient en mesure d'échanger des informations.

D'autres cultures avaient leurs méthodes pour enregistrer l'Histoire, mais elles étaient tellement compliquées que nul ne s'était préoccupé de les apprendre hors des régions où elles étaient en usage. L'invention de Byblos, elle, risquait d'avoir des effets considérables : n'importe quel pays pouvait l'utiliser, quelle que soit sa langue. Même les Grecs, qui en général rejetaient tout ce qui n'était pas originaire de leurs cités, avaient déjà adopté l'écriture de Byblos et la pratiquaient couramment dans leurs transactions commerciales. Comme ils étaient spécialistes dans l'art de s'approprier tout ce qui avait un caractère novateur, ils l'avaient baptisé du nom grec d'*alphabet*.

Les secrets gardés pendant des siècles de civilisation couraient le risque d'être exposés au grand jour. En comparaison, le sacrilège d'Élie – qui avait ramené un être de l'autre rive du fleuve de la Mort, comme les Égyptiens avaient coutume de le faire – était insignifiant.

« Nous sommes punis parce que nous sommes incapables de protéger soigneusement ce qui est sacré, pensa-t-il. Les Assyriens sont à nos portes, ils traverseront la vallée et ils détruiront la civilisation de nos ancêtres. »

Et ils mettraient fin à l'écriture. Le prêtre savait que la présence de l'ennemi n'était pas fortuite. C'était le prix à payer. Les dieux avaient organisé les choses afin que personne ne devinât qu'ils étaient les véritables responsables ; ils avaient placé au pouvoir un gouverneur qui s'inquiétait davantage des affaires que de l'armée, excité la convoitise des Assyriens, fait en sorte que la pluie se raréfiât, et envoyé un infidèle pour diviser la cité. Bientôt, le combat final s'engagerait. Akbar continuerait d'exister, mais la menace que représentaient les caractères de Byblos serait à tout jamais rayée de la surface de la terre.

Le prêtre nettoya avec soin la pierre qui signalait l'endroit où, des générations plus tôt, un pèlerin étranger avait trouvé le lieu indiqué par les cieux et fondé la cité. « Comme elle est belle », pensa-t-il. Les pierres étaient une image des dieux – dures, résistantes, survivant à toutes les situations, et n'ayant nul besoin d'expliquer la raison de leur présence. La tradition orale rapportait que le centre du monde était marqué d'une pierre et, dans son enfance, il avait parfois pensé à en chercher l'emplacement. Il avait nourri ce projet jusqu'à cette année. Mais quand il avait constaté la présence des Assyriens au fond de la vallée, il avait compris que jamais il ne réaliserait son rêve.

« Cela n'a pas d'importance. Le sort a voulu que ma génération fût offerte en sacrifice pour avoir offensé les dieux. Il y a des choses inévitables dans l'histoire du monde, il nous faut les accepter. »

Il se promit d'obéir aux dieux : il ne chercherait pas à empêcher la guerre.

« Peut-être sommes-nous arrivés à la fin des temps. Il n'y a pas moyen de contourner les crises qui sont de plus en plus nombreuses. »

Le prêtre prit son bâton et sortit du petit temple ; il avait rendez-vous avec le commandant de la garnison d'Akbar.

IL AVAIT PRESQUE ATTEINT LE REMPART SUD QUAND
Élie l'aborda.

« Le Seigneur a fait revenir un enfant d'entre
les morts, dit l'Israélite. La cité croit en mon pouvoir.

— L'enfant n'était sans doute pas mort, répliqua le grand prêtre. Cela s'est déjà produit
d'autres fois ; le cœur s'arrête, et bientôt se remet
à battre. Aujourd'hui, toute la cité en parle.
Demain, les gens se souviendront que les dieux
sont proches et qu'ils peuvent écouter leurs
paroles. Alors, leurs bouches redeviendront
muettes. Je dois y aller, parce que les Assyriens se
préparent au combat.

— Écoute ce que j'ai à te dire : après le miracle
de la nuit dernière, je suis allé dormir à l'extérieur
des murailles, parce que j'avais besoin d'un peu
de tranquillité. Alors l'ange que j'avais vu en haut

de la Cinquième Montagne m'est apparu de nouveau. Et il m'a dit : " Akbar sera détruite par la
guerre. "

– Les cités ne peuvent pas être détruites. Elles
seront reconstruites soixante-dix-sept fois, parce
que les dieux savent où ils les ont placées, et ils
ont besoin qu'elles soient là. »

Le gouverneur s'approcha, accompagné d'un
groupe de courtisans :

« Qu'est-ce que tu dis ? demanda-t-il.

– Recherchez la paix, reprit Élie.

– Si tu as peur, retourne d'où tu viens, rétorqua sèchement le prêtre.

– Jézabel et son roi attendent les prophètes
fugitifs pour les mettre à mort, dit le gouverneur.
Mais j'aimerais que tu m'expliques comment tu
as pu gravir la Cinquième Montagne sans être
détruit par le feu du ciel ? »

Le prêtre devait absolument interrompre cette
conversation : le gouverneur avait l'intention de
négocier avec les Assyriens et peut-être cherche-
rait-il à se servir d'Élie pour parvenir à ses fins.

« Ne l'écoute pas, dit le prêtre au gouverneur.
Hier, quand on l'a amené devant moi pour qu'il
soit jugé, je l'ai vu pleurer de peur.

– Je pleurais pour le mal que je pensais avoir
causé. Car je n'ai peur que du Seigneur et de moi-
même. Je n'ai pas fui Israël et je suis prêt à y

97

retourner dès que le Seigneur le permettra. Je détruirai sa belle princesse et la foi d'Israël survivra à cette nouvelle menace.

– Il faut avoir le cœur très dur pour résister aux charmes de Jézabel, ironisa le gouverneur. Mais en ce cas nous enverrions une autre femme encore plus belle, comme nous l'avons déjà fait avant Jézabel. »

Le prêtre disait vrai. Deux cents ans auparavant, une princesse de Sidon avait séduit le plus sage de tous les gouvernants d'Israël, le roi Salomon. Elle lui avait demandé de construire un autel en hommage à la déesse Astarté, et Salomon avait obéi. À cause de ce sacrilège, le Seigneur avait levé les armées voisines contre son pays et Salomon avait été maudit par Dieu.

« La même chose arrivera à Achab, le mari de Jézabel », songea Élie. Le Seigneur lui ferait accomplir sa tâche quand l'heure serait venue. Mais à quoi bon tenter de convaincre ces hommes ? Ils étaient comme ceux qu'il avait vus la nuit précédente, agenouillés sur le sol dans la maison de la veuve, priant les dieux de la Cinquième Montagne. Jamais la tradition ne leur permettrait de penser autrement.

« Il est regrettable que nous devions respecter la loi de l'hospitalité », remarqua le gouverneur qui, apparemment, avait déjà oublié les commentaires d'Élie sur la paix. « Sinon, nous aiderions Jézabel dans sa tâche de destruction des prophètes.

– Ce n'est pas pour cela que vous épargnez ma vie. Vous savez que je représente une précieuse monnaie d'échange, et vous voulez donner à Jézabel le plaisir de me tuer de ses propres mains. Mais – depuis hier – le peuple m'a attribué des pouvoirs miraculeux. Les gens pensent que j'ai rencontré les dieux au sommet de la Cinquième Montagne ; quant à vous, cela ne vous dérangerait pas d'offenser les dieux, mais vous ne voulez pas irriter les habitants de la cité. »

Le gouverneur et le prêtre laissèrent Élie monologuer et se dirigèrent vers les murailles. À ce moment précis, le prêtre décida qu'il tuerait le prophète israélite à la première occasion ; celui qui jusque-là ne représentait qu'une monnaie d'échange était devenu une menace.

*

En les voyant s'éloigner, Élie se désespéra. Que pouvait-il faire pour aider le Seigneur ? Alors il se mit à crier au milieu de la place :

« Peuple d'Akbar ! Hier soir, j'ai gravi la Cinquième Montagne et j'ai conversé avec les dieux qui habitent là-haut. À mon retour, j'ai pu ramener un enfant du royaume des morts ! »

Les gens se groupèrent autour de lui. L'histoire était déjà connue dans toute la cité. Le gouverneur et le grand prêtre s'arrêtèrent en chemin et firent demi-tour pour voir ce qui se passait : le prophète israélite racontait qu'il avait vu les dieux de la Cinquième Montagne adorer un Dieu supérieur.

« Je le ferai tuer, déclara le prêtre.

— Et la population se rebellera contre nous », répliqua le gouverneur, qui s'intéressait aux propos de l'étranger. « Mieux vaut attendre qu'il commette une erreur.

— Avant que je ne descende de la montagne, les dieux m'ont chargé de venir en aide au gouverneur contre la menace des Assyriens, poursuivait Élie. Je sais que c'est un homme d'honneur et qu'il veut bien m'entendre. Mais il y a des gens qui ont tout intérêt à ce que la guerre se produise, et ils ne me laissent pas l'approcher.

— L'Israélite est un homme saint, dit un vieillard au gouverneur. Personne ne peut monter sur la Cinquième Montagne sans être foudroyé par le feu du ciel, mais cet homme a réussi, et maintenant il ressuscite les morts.

— Tyr, Sidon et toutes les cités phéniciennes ont une tradition de paix, dit un autre vieillard. Nous avons connu de pires menaces, et nous les avons surmontées. »

Des malades et des estropiés s'approchèrent, se frayant un passage dans la foule, touchant les vêtements d'Élie et lui demandant de guérir leurs maux.

« Avant de conseiller le gouverneur, guéris les malades, ordonna le prêtre. Alors nous croirons que les dieux de la Cinquième Montagne sont avec toi. »

Élie se souvint de ce que lui avait dit l'ange la nuit précédente : seule la force des personnes ordinaires lui serait accordée.

« Les malades appellent à l'aide, insista le prêtre. Nous attendons.

— Nous veillerons d'abord à éviter la guerre. Il y aura beaucoup d'autres malades et d'autres infirmes si nous n'y parvenons pas. »

Le gouverneur interrompit la discussion :

« Élie viendra avec nous. Il a été touché par l'inspiration divine. »

Bien qu'il ne crût pas qu'il existât des dieux sur la Cinquième Montagne, il avait besoin d'un allié pour convaincre le peuple que la paix avec les Assyriens était la seule issue.

Tandis qu'ils allaient à la rencontre du commandant, le prêtre s'expliqua avec Élie.

« Tu ne crois en rien de ce que tu affirmes.

— Je crois que la paix est la seule issue. Mais je ne crois pas que les hauteurs de cette montagne soient habitées par des dieux. J'y suis allé.

– Et qu'as-tu vu ?

– Un ange du Seigneur. Je l'avais déjà vu auparavant, dans plusieurs lieux où je suis passé. Et il n'existe qu'un seul Dieu. »

Le prêtre rit.

« Tu veux dire que, selon toi, le dieu qui a fait la tempête a fait aussi le blé, même si ce sont des choses complètement différentes ?

– Tu vois la Cinquième Montagne ? demanda Élie. De quelque côté que tu regardes, elle te semble différente, pourtant c'est la même montagne. Il en est ainsi de tout ce qui a été créé : ce sont les nombreuses faces du même Dieu. »

ILS ARRIVÈRENT AU SOMMET DE LA MURAILLE, D'OÙ L'ON apercevait au loin le campement de l'ennemi. Dans la vallée désertique, la blancheur des tentes sautait aux yeux.

Quelque temps auparavant, lorsque des sentinelles avaient remarqué la présence des Assyriens à une extrémité de la vallée, les espions avaient affirmé qu'ils étaient là en mission de reconnaissance ; le commandant avait suggéré qu'on les fît prisonniers et qu'on les vendît comme esclaves. Le gouverneur avait opté pour une autre stratégie : ne rien faire. Il misait sur le fait qu'en établissant de bonnes relations avec les Assyriens, il pourrait ouvrir un nouveau marché pour le commerce du verre fabriqué à Akbar. En outre, même s'ils étaient là pour préparer une guerre, les Assyriens savaient bien que les petites cités se rangent toujours du côté des vainqueurs.

Les généraux assyriens désiraient simplement traverser ces villes, sans qu'elles opposent de résistance, pour atteindre Tyr et Sidon où l'on conservait le trésor et le savoir de leur peuple.

La patrouille campait à l'entrée de la vallée et, peu à peu, des renforts étaient arrivés. Le prêtre affirmait en connaître la raison : la cité possédait un puits, le seul à plusieurs jours de marche dans le désert. Si les Assyriens voulaient conquérir Tyr ou Sidon, ils avaient besoin de cette eau pour approvisionner leurs armées.

Au bout d'un mois, ils pouvaient encore les chasser. Au bout de deux, ils pouvaient encore les vaincre facilement et négocier une retraite honorable des soldats assyriens.

Ils étaient prêts au combat, mais ils n'attaquaient pas. Au bout de cinq mois, ils pouvaient encore gagner la bataille. « Les Assyriens vont bientôt attaquer, parce qu'ils doivent souffrir de la soif », se disait le gouverneur. Il demanda au commandant d'élaborer des stratégies de défense et d'entraîner constamment ses hommes pour réagir à une attaque surprise.

Mais il ne se concentrait que sur la préparation de la paix.

*

Six mois avaient passé et l'armée assyrienne ne bougeait toujours pas. La tension à Akbar, croissante durant les premières semaines d'occupation, avait totalement disparu ; les gens s'étaient remis à vivre, les agriculteurs retournaient aux champs, les artisans fabriquaient le vin, le verre et le savon, les commerçants continuaient à vendre et à acheter leurs marchandises. Tous croyaient que, comme Akbar n'avait pas attaqué l'ennemi, la crise serait rapidement résolue par des négociations. Tous savaient que le gouverneur était conseillé par les dieux et connaissait toujours la meilleure décision à prendre.

Lorsque Élie était arrivé dans la cité, le gouverneur avait fait répandre des rumeurs sur la malédiction que l'étranger apportait avec lui ; de cette manière, si la menace de guerre devenait insupportable, il pourrait l'accuser d'être la cause principale du désastre. Les habitants d'Akbar seraient convaincus qu'avec la mort de l'Israélite tout rentrerait dans l'ordre. Le gouverneur expliquerait alors qu'il était désormais trop tard pour exiger le départ des Assyriens ; il ferait tuer Élie, et il expliquerait à son peuple que la paix constituait la meilleure solution. À son avis, les marchands – qui désiraient eux aussi la paix – forceraient les autres à admettre cette idée.

Pendant tous ces mois, il avait lutté contre la

pression du prêtre et du commandant, exigeant une attaque rapide. Mais les dieux de la Cinquième Montagne ne l'avaient jamais abandonné. Après la miraculeuse résurrection de l'autre nuit, la vie d'Élie était plus importante que son exécution.

*

« Que fait cet étranger avec vous ? demanda le commandant.

— Il est inspiré par les dieux, répondit le gouverneur. Et il va nous aider à trouver la meilleure issue. »

Il changea rapidement de sujet de conversation.

« On dirait que le nombre de tentes a augmenté aujourd'hui.

— Et il augmentera encore demain, dit le commandant. Si nous avions attaqué alors qu'ils n'étaient qu'une patrouille, ils ne seraient probablement pas revenus.

— Tu te trompes. L'un d'eux aurait fini par s'échapper, et ils seraient revenus pour se venger.

— Lorsque l'on tarde pour la cueillette, les fruits pourrissent, insista le commandant. Mais quand on repousse les problèmes, ils ne cessent de croître. »

106

Le gouverneur expliqua que la paix régnait en Phénicie depuis presque trois siècles et que c'était la grande fierté de son peuple. Que diraient les générations futures s'il interrompait cette ère de prospérité ?

« Envoie un émissaire négocier avec eux, conseilla Élie. Le meilleur guerrier est celui qui parvient à faire de l'ennemi un ami.

— Nous ne savons pas exactement ce qu'ils veulent. Nous ne savons même pas s'ils désirent conquérir notre cité. Comment pouvons-nous négocier ?

— Il y a des signes de menace. Une armée ne perd pas son temps à faire des exercices militaires loin de son pays. »

Chaque jour arrivaient de nouveaux soldats — et le gouverneur imaginait la quantité d'eau qui serait nécessaire à tous ces hommes. En peu de temps, la cité serait sans défense devant l'armée ennemie.

« Pouvons-nous attaquer maintenant ? demanda le prêtre au commandant.

— Oui, nous le pouvons. Nous allons perdre beaucoup d'hommes mais la cité sera sauve. Cependant, il nous faut prendre rapidement une décision.

— Nous ne devons pas faire cela, gouverneur. Les dieux de la Cinquième Montagne m'ont affirmé que nous avions encore le temps de trouver une solution pacifique », dit Élie.

Bien qu'il eût écouté la conversation entre le prêtre et l'Israélite, le gouverneur feignit de l'approuver. Pour lui, peu importait que Sidon et Tyr fussent gouvernées par les Phéniciens, par les Cananéens ou par les Assyriens. L'essentiel était que la cité pût continuer à faire le commerce de ses produits.

« Attaquons, insista le prêtre.

— Encore un jour, pria le gouverneur. La situation va peut-être se résoudre. »

Il lui fallait décider rapidement de la meilleure façon d'affronter la menace des Assyriens. Il descendit de la muraille, se dirigea vers le palais et demanda à l'Israélite de l'accompagner.

En chemin, il observa le peuple autour de lui : les bergers menant les brebis aux pâturages, les agriculteurs allant aux champs, essayant d'arracher à la terre desséchée un peu de nourriture pour eux et leur famille. Les soldats faisaient des exercices avec leurs lances et des marchands arrivés récemment exposaient leurs produits sur la place. Aussi incroyable que cela pût paraître, les Assyriens n'avaient pas fermé la route qui traversait la vallée dans toute sa longueur ; les commerçants continuaient à circuler avec leurs marchandises, payant à la cité l'impôt sur le transport.

« Maintenant qu'ils ont réussi à rassembler une force puissante, pourquoi ne ferment-ils pas la route ? s'enquit Élie.

— L'empire assyrien a besoin des produits qui arrivent aux ports de Sidon et de Tyr, répondit le gouverneur. Si les commerçants étaient menacés, le flux de ravitaillement se tarirait. Et les conséquences seraient plus graves qu'une défaite militaire. Il doit y avoir un moyen d'éviter la guerre.

— Oui, renchérit Élie. S'ils désirent de l'eau, nous pouvons la vendre. »

Le gouverneur resta silencieux. Mais il comprit qu'il pouvait faire de l'Israélite une arme contre ceux qui désiraient la guerre. Il avait gravi la Cinquième Montagne, il avait défié les dieux et, au cas où le prêtre persisterait dans l'idée de faire la guerre aux Assyriens, seul Élie pourrait lui tenir tête. Il lui proposa de sortir faire un tour avec lui, pour discuter un peu.

Le prêtre resta immobile à observer l'ennemi du haut de la muraille.

« Que peuvent faire les dieux pour arrêter les envahisseurs ? demanda le commandant.

— J'ai accompli les sacrifices devant la Cinquième Montagne. J'ai prié pour qu'on nous envoie un chef plus courageux.

— Nous aurions dû agir comme Jézabel et tuer les prophètes. Cet Israélite qui hier était condamné à mort, le gouverneur se sert aujourd'hui de lui pour convaincre la population de choisir la paix. »

Le commandant regarda en direction de la montagne.

« Nous pouvons faire assassiner Élie. Et recourir à mes guerriers pour éloigner le gouverneur de ses fonctions.

— Je donnerai l'ordre de mettre à mort Élie,

répliqua le prêtre. Quant au gouverneur, nous ne pouvons rien faire : ses ancêtres sont au pouvoir depuis plusieurs générations. Son grand-père a été notre chef, il a donné le pouvoir des dieux à son père, qui le lui a transmis à son tour.

– Pourquoi la tradition nous empêche-t-elle de placer au gouvernement un personnage plus efficace ?

– La tradition existe pour maintenir le monde en ordre. Si nous nous en mêlons, le monde prend fin. »

Le prêtre regarda autour de lui, le ciel et la terre, les montagnes et la vallée, chaque élément accomplissant ce qui avait été écrit pour lui. Parfois la terre tremblait, d'autres fois – comme à présent – il ne pleuvait pas pendant très longtemps. Mais les étoiles restaient à leur place et le soleil n'était pas tombé sur la tête des hommes. Tout cela parce que, depuis le Déluge, les hommes avaient appris qu'il était impossible de modifier l'ordre de la Création.

Autrefois, il n'y avait que la Cinquième Montagne. Hommes et dieux vivaient ensemble, se promenaient dans les jardins du Paradis, conversaient et riaient. Mais les êtres humains avaient péché et les dieux les en avaient chassés ; comme ils n'avaient nulle part où les envoyer, ils avaient finalement créé la terre autour de la montagne,

pour pouvoir les y précipiter, les garder sous surveillance et faire en sorte qu'ils se souviennent
toujours de se trouver sur un plan bien inférieur à
celui des occupants de la Cinquième Montagne.

Mais ils avaient pris soin de laisser entrouverte
une porte de retour. Si l'humanité suivait le bon
chemin, elle finirait par revenir au sommet de la
montagne. Et, pour que cette idée ne fût pas
oubliée, les dieux avaient chargé les prêtres et les
gouvernants de la maintenir vivante dans l'imagination du monde.

Tous les peuples partageaient la même
croyance : si les familles ointes par les dieux
s'éloignaient du pouvoir, les conséquences
seraient graves. Nul ne se rappelait pourquoi ces
familles avaient été choisies, mais tous savaient
qu'elles avaient un lien de parenté avec les
familles divines. Akbar existait depuis des cen-
taines d'années, et elle avait toujours été administrée par les ancêtres de l'actuel gouverneur.
Envahie plusieurs fois, elle était tombée aux
mains d'oppresseurs et de barbares, mais avec le
temps les envahisseurs s'en allaient ou ils étaient
chassés. Alors, l'ordre ancien se rétablissait et les
hommes reprenaient leur vie d'antan.

Les prêtres étaient tenus de préserver cet
ordre : le monde avait un destin et il était régi par
des lois. Il n'était plus temps de chercher à

comprendre les dieux. Il fallait désormais les respecter et faire tout ce qu'ils voulaient. Ils étaient capricieux et s'irritaient facilement.

Sans les rituels de la récolte, la terre ne donnerait pas de fruits. Si certains sacrifices étaient oubliés, la cité serait infestée par des maladies mortelles. Si le dieu du Temps était de nouveau provoqué, il pourrait mettre fin à la croissance du blé et des hommes.

« Regarde la Cinquième Montagne, dit le grand prêtre au commandant. De son sommet, les dieux gouvernent la vallée et nous protègent. Ils ont de toute éternité un plan pour Akbar. L'étranger sera mis à mort, ou bien il retournera dans son pays, le gouverneur disparaîtra un jour, et son fils sera plus sage que lui. Ce que nous vivons maintenant est passager.

– Il nous faut un nouveau chef, déclara le commandant. Si nous restons aux mains de ce gouverneur, nous serons détruits. »

Le prêtre savait que c'était ce que voulaient les dieux, pour mettre fin à la menace de l'écriture de Byblos. Mais il ne dit rien. Il se réjouit de constater une fois de plus que les gouvernants accomplissent toujours – qu'ils le veuillent ou non – le destin de l'univers.

ÉLIE SE PROMENA DANS LA CITÉ, EXPLIQUA SES PLANS DE paix au gouverneur et fut nommé son auxiliaire. Quand ils arrivèrent au milieu de la place, de nouveaux malades s'approchèrent – mais il déclara que les dieux de la Cinquième Montagne lui avaient interdit d'accomplir des guérisons. À la fin de l'après-midi, il retourna chez la veuve. L'enfant jouait au milieu de la rue et il le remercia d'avoir été l'instrument d'un miracle du Seigneur.

La femme l'attendait pour dîner. À sa surprise, il y avait une carafe de vin sur la table.

« Les gens ont apporté des présents pour te remercier, dit-elle. Et je veux te demander pardon pour mon injustice.

– Quelle injustice ? s'étonna Élie. Ne vois-tu pas que tout fait partie des desseins de Dieu ? »

La veuve sourit, ses yeux brillèrent, et il put

constater à quel point elle était belle. Elle avait au moins dix ans de plus que lui, mais il éprouvait pour elle une profonde tendresse. Ce n'était pas son habitude et il eut peur ; il se rappela les yeux de Jézabel, et la prière qu'il avait faite en sortant du palais d'Achab – il aurait aimé se marier avec une femme du Liban.

« Même si ma vie a été inutile, au moins j'ai eu mon fils. Et l'on se souviendra de son histoire parce qu'il est revenu du royaume des morts, dit-elle.

– Ta vie n'est pas inutile. Je suis venu à Akbar sur ordre du Seigneur et tu m'as accueilli. Si l'on se souvient un jour de l'histoire de ton fils, sois certaine que l'on n'oubliera pas la tienne. »

La femme remplit les deux coupes. Ils burent tous deux au soleil qui se cachait et aux étoiles dans le ciel.

« Tu es venu d'un pays lointain en suivant les signes d'un Dieu que je ne connaissais pas, mais qui est désormais mon Seigneur. Mon fils aussi est revenu d'une contrée lointaine et il aura une belle histoire à raconter à ses petits-enfants. Les prêtres recueilleront ses paroles et les transmettront aux générations à venir. »

C'était grâce à la mémoire des prêtres que les cités avaient connaissance de leur passé, de leurs conquêtes, de leurs dieux anciens, des guerriers qui avaient défendu la terre de leur sang. Même s'il existait désormais de nouvelles méthodes pour enregistrer le passé, les habitants d'Akbar n'avaient confiance qu'en la mémoire des prêtres. Tout le monde peut écrire ce qu'il veut ; mais personne ne parvient à se souvenir de choses qui n'ont jamais existé.

« Et moi, qu'ai-je à raconter ? » continua la femme en remplissant la coupe qu'Élie avait vidée rapidement. « Je n'ai pas la force ni la beauté de Jézabel. Ma vie ressemble à toutes les autres : le mariage arrangé par les parents lorsque j'étais encore enfant, les tâches domestiques quand je suis devenue adulte, le culte, les jours sacrés, le mari toujours occupé à autre chose. De son vivant, nous n'avons jamais eu de conversation sur un sujet important. Lui était tout le temps préoccupé par ses affaires, moi, je prenais soin de la maison, et nous avons passé ainsi les meilleures années de notre vie.

« Après sa mort, il ne m'est resté que la misère et l'éducation de mon fils. Quand il sera grand, il ira traverser les mers, et je ne compterai plus pour personne. Je n'ai pas de haine, ni de ressentiment, seulement la conscience de mon inutilité. »

Élie remplit encore un verre. Son cœur commençait à donner des signaux d'alarme. Il aimait la compagnie de cette femme. L'amour pouvait être une expérience plus redoutable que lorsqu'il s'était trouvé devant un soldat d'Achab, une flèche pointée vers son cœur ; si la flèche l'avait atteint, il serait mort – et Dieu se serait chargé du reste. Mais si l'amour l'atteignait, il devrait lui-même en assumer les conséquences.

« J'ai tant désiré l'amour dans ma vie », pensa-t-il. Et pourtant, maintenant qu'il l'avait devant lui – aucun doute, il était là, il suffisait de ne pas le fuir –, il n'avait qu'une idée, l'oublier le plus vite possible.

Sa pensée revint au jour où il était arrivé à Akbar, après son exil dans la région du Kerith. Il était tellement fatigué et assoiffé qu'il ne se souvenait de rien, sauf du moment où il s'était remis de son évanouissement et où il avait vu la femme lui verser un peu d'eau entre les lèvres. Son visage était proche du sien, plus proche que ne l'avait jamais été celui d'une autre femme. Il avait remarqué qu'elle avait les yeux du même vert que ceux de Jézabel, mais d'un éclat différent, comme s'ils pouvaient refléter les cèdres, l'océan dont il avait tant rêvé sans le connaître, et même – comment était-ce possible ? – son âme.

« J'aimerais tant le lui dire, pensa-t-il. Mais je ne sais comment m'y prendre. Il est plus facile de parler de l'amour de Dieu. »

Élie but encore un peu. Elle devina qu'elle avait dit quelque chose qui lui avait déplu, et elle décida de changer de sujet.

« Tu as gravi la Cinquième Montagne ? » demanda-t-elle.

Il acquiesça.

Elle aurait aimé lui demander ce qu'il avait vu là-haut, et comment il avait réussi à échapper au feu des cieux. Mais il semblait mal à l'aise.

« C'est un prophète. Il lit dans mon cœur », pensa-t-elle.

Depuis que l'Israélite était entré dans sa vie, tout avait changé. Même la pauvreté était plus facile à supporter – parce que cet étranger avait éveillé un sentiment qu'elle n'avait jamais connu : l'amour. Lorsque son fils était tombé malade, elle avait lutté contre tous les voisins pour qu'il restât chez elle.

Elle savait que, pour lui, le Seigneur comptait plus que tout ce qui advenait sous les cieux. Elle avait conscience que c'était un rêve impossible, car cet homme pouvait s'en aller à tout moment, faire couler le sang de Jézabel et ne jamais revenir pour lui raconter ce qui s'était passé.

Pourtant, elle continuerait de l'aimer car, pour

la première fois de sa vie, elle avait conscience de ce qu'était la liberté. Elle pouvait l'aimer – quand bien même il ne le saurait jamais. Elle n'avait pas besoin de sa permission pour sentir qu'il lui manquait, penser à lui à longueur de journée, l'attendre pour dîner, et s'inquiéter de ce que les gens pouvaient comploter contre un étranger. C'était cela la liberté : sentir ce que son cœur désirait, indépendamment de l'opinion des autres. Elle s'était opposée à ses amis et à ses voisins au sujet de la présence de l'étranger dans sa maison. Elle n'avait pas besoin de lutter contre elle-même.

Élie but un peu de vin, prit congé et gagna sa chambre. Elle sortit, se réjouit de voir son fils jouer devant la maison et décida d'aller faire une courte promenade.

Elle était libre, car l'amour libère.

*

Élie demeura très longtemps à regarder le mur de sa chambre. Finalement, il décida d'invoquer son ange.

« Mon âme est en danger », dit-il.

L'ange resta silencieux. Élie hésita à poursuivre, mais il était maintenant trop tard : il ne pouvait pas l'invoquer sans motif.

« Quand je suis devant cette femme, je ne me sens pas bien.

– Au contraire, répliqua l'ange. Et cela te dérange. Parce que tu es peut-être sur le point de l'aimer. »

Élie eut honte, parce que l'ange connaissait son âme.

« L'amour est dangereux, dit-il.

– Très, renchérit l'ange. Et alors ? »

Puis il disparut.

*

Son ange n'éprouvait pas les doutes qui le tourmentaient. Oui, il connaissait l'amour ; il avait vu le roi d'Israël abandonner le Seigneur parce que Jézabel, une princesse de Sidon, avait conquis son cœur. La tradition racontait que le roi Salomon avait perdu son trône à cause d'une étrangère. Le roi David avait envoyé l'un de ses meilleurs amis à la mort parce qu'il était tombé amoureux de son épouse. À cause de Dalila, Samson avait été fait prisonnier et les Philistins lui avaient crevé les yeux.

Comment, il ne connaissait pas l'amour ? L'Histoire abondait en exemples tragiques. Et même s'il n'avait pas connu les Écritures saintes, il avait l'exemple d'amis – et d'amis de ses amis –

perdus dans de longues nuits d'attente et de souffrance. S'il avait eu une femme en Israël, il aurait
difficilement pu quitter sa cité quand le Seigneur
l'avait ordonné, et maintenant il serait mort.

« Je mène un combat inutile, pensa-t-il.
L'amour va gagner cette bataille, et je l'aimerai
pour le reste de mes jours. Seigneur, renvoie-moi
en Israël pour que jamais il ne me faille dire à
cette femme ce que je ressens. Elle ne m'aime pas,
et elle va me rétorquer que son cœur a été enterré
avec le corps de son mari, ce héros. »

LE LENDEMAIN, ÉLIE RETOURNA VOIR LE COMMANDANT. Il apprit que de nouvelles tentes avaient été installées.

« Quelle est actuellement la proportion des guerriers ? demanda-t-il.

– Je ne donne pas d'informations à un ennemi de Jézabel.

– Je suis conseiller du gouverneur. Il m'a nommé son auxiliaire hier soir, tu en as été informé et tu me dois une réponse. »

Le commandant eut envie de mettre fin à la vie de l'étranger.

« Les Assyriens ont deux soldats pour un des nôtres », répondit-il enfin.

Élie savait que l'ennemi avait besoin d'une force très supérieure.

« Nous approchons du moment idéal pour entreprendre les négociations de paix, dit-il. Ils comprendront que nous sommes généreux et nous obtiendrons de meilleures conditions. N'importe quel général sait que, pour conquérir une cité, il faut cinq envahisseurs pour un défenseur.

— Ils atteindront ce nombre si nous n'attaquons pas maintenant.

— Malgré toutes les mesures d'approvisionnement, ils n'auront pas assez d'eau pour ravitailler tous ces hommes. Et ce sera le moment d'envoyer nos ambassadeurs.

– Quand cela ?

– Laissons le nombre de guerriers assyriens augmenter encore un peu. Lorsque la situation sera insupportable, ils seront forcés d'attaquer mais, dans la proportion de trois ou quatre pour un des nôtres, ils savent qu'ils seront mis en déroute. C'est alors que nos émissaires leur proposeront la paix, la liberté de passage et la vente d'eau. Telle est l'idée du gouverneur. »

Le commandant resta silencieux et laissa partir l'étranger. Même si Élie mourait, le gouverneur pouvait s'accrocher à cette idée. Il se jura que si la situation en arrivait à ce point, il tuerait le gouverneur ; puis il se suiciderait pour ne pas assister à la fureur des dieux. Cependant, en aucune manière il ne permettrait que son peuple fût trahi par l'argent.

« Renvoie-moi en terre d'Israël, Seigneur !
criait Élie tous les soirs en marchant dans la vallée. Ne laisse pas mon cœur devenir prisonnier à
Akbar ! »

Selon une coutume des prophètes qu'il avait
connue enfant, il se donnait des coups de fouet
chaque fois qu'il pensait à la veuve. Son dos était
à vif et, pendant deux jours, il délira de fièvre. À
son réveil, la première chose qu'il vit fut le visage
de la femme ; elle soignait ses blessures à l'aide
d'onguent et d'huile d'olive. Comme il était trop
faible pour descendre jusqu'à la salle, elle montait ses aliments à la chambre.

*

Dès qu'il se sentit bien, il reprit ses marches
dans la vallée.

« Renvoie-moi en terre d'Israël, Seigneur !
disait-il. Mon cœur est prisonnier à Akbar, mais
mon corps peut encore poursuivre le voyage. »

L'ange apparut. Ce n'était pas l'ange du Seigneur qu'il avait vu au sommet de la montagne,
mais celui qui le protégeait et dont la voix lui était
familière.

« Le Seigneur écoute les prières de ceux qui prient pour oublier la haine. Mais il est sourd à ceux qui veulent échapper à l'amour. »

*

Tous les trois, ils dînaient ensemble chaque soir. Ainsi que le Seigneur l'avait promis, jamais la farine n'avait manqué dans la cruche, ni l'huile dans la jarre.

Ils conversaient rarement pendant les repas. Mais un soir, l'enfant demanda :

« Qu'est-ce qu'un prophète ?

— C'est un homme qui écoute encore les voix qu'il entendait lorsqu'il était enfant et qui croit toujours en elles. Ainsi, il peut savoir ce que pensent les anges.

— Oui, je sais de quoi tu parles, dit le gamin. J'ai des amis que personne d'autre ne voit.

— Ne les oublie jamais, même si les adultes te disent que c'est une sottise. Ainsi, tu sauras toujours ce que Dieu veut.

— Je connaîtrai l'avenir, comme les devins de Babylone, affirma le gamin.

— Les prophètes ne connaissent pas l'avenir. Ils ne font que transmettre les paroles que le Seigneur leur inspire dans le présent. C'est pourquoi je suis ici, sans savoir quand je retournerai vers mon pays. Il ne me le dira pas avant que cela ne soit nécessaire. »

Les yeux de la femme s'emplirent de tristesse. Oui, un jour il partirait.

*

Élie n'implorait plus le Seigneur. Il avait décidé que, lorsque ce serait le moment de quitter Akbar, il emmènerait la veuve et son fils. Il n'en dirait rien jusqu'à ce que l'heure fût venue.

Peut-être ne désirait-elle pas s'en aller. Peut-être n'avait-elle pas deviné ce qu'il ressentait pour elle – car il avait lui-même tardé à le comprendre. Dans ce cas, et cela vaudrait mieux, il pourrait se consacrer entièrement à l'expulsion de Jézabel et à la reconstruction d'Israël. Son esprit serait trop occupé pour penser à l'amour.

« *Le Seigneur est mon berger*, dit-il, se rappelant une vieille prière du roi David. *Apaise mon âme, et mène-moi auprès des eaux reposantes*. Et tu ne me laisseras pas perdre le sens de ma vie », conclut-il avec ses mots à lui.

*

Un après-midi, il revint à la maison plus tôt que d'habitude et il trouva la veuve assise sur le seuil.

126

« Que fais-tu ?

– Je n'ai rien à faire.

– Alors apprends quelque chose. En ce moment, beaucoup de gens ont renoncé à vivre. Ils ne s'ennuient pas, ils ne pleurent pas, ils se contentent d'attendre que le temps passe. Ils n'ont pas accepté les défis de la vie et elle ne les défie plus. Tu cours ce risque. Réagis, affronte la vie, mais ne renonce pas.

– Ma vie a retrouvé un sens, dit-elle en baissant les yeux. Depuis que tu es arrivé. »

Pendant une fraction de seconde, il sentit qu'il pouvait lui ouvrir son cœur. Mais il n'osa pas – elle faisait certainement allusion à autre chose.

« Trouve une occupation, dit-il pour changer de sujet. Ainsi, le temps sera un allié, non un ennemi.

– Que puis-je apprendre ? »

Élie réfléchit.

« L'écriture de Byblos. Elle te sera utile si tu dois voyager un jour. »

La femme décida de se consacrer corps et âme à cet apprentissage. Jamais elle n'avait songé à quitter Akbar mais, à la manière dont il en parlait, peut-être pensait-il l'emmener avec lui.

De nouveau elle se sentit libre. De nouveau elle se réveilla tôt le matin et marcha en souriant dans les rues de la cité.

« ÉLIE EST TOUJOURS EN VIE, DIT LE COMMANDANT AU prêtre, deux mois plus tard. Tu n'as pas réussi à le faire assassiner.

— Il n'y a pas, dans tout Akbar, un seul homme qui veuille accomplir cette mission. L'Israélite a consolé les malades, rendu visite aux prisonniers, nourri les affamés. Quand quelqu'un a une querelle à résoudre avec son voisin, il a recours à lui, et tous acceptent ses jugements – parce qu'ils sont justes. Le gouverneur se sert de lui pour accroître sa popularité, mais personne ne s'en rend compte.

— Les marchands ne désirent pas la guerre. Si le gouverneur est populaire au point de convaincre la population que la paix est préférable, nous ne parviendrons jamais à chasser les Assyriens d'ici. Il faut qu'Élie soit mis à mort sans tarder. »

128

Le prêtre indiqua la Cinquième Montagne, son sommet toujours dissimulé par les nuages.

« Les dieux ne permettront pas que leur pays soit humilié par une puissance étrangère. Ils vont trouver une astuce : un incident se produira, et nous saurons profiter de l'occasion.

– Laquelle ?

– Je l'ignore. Mais je serai attentif aux signes. Abstiens-toi de fournir les chiffres exacts concernant les forces assyriennes. Si l'on t'interroge, dis que la proportion des guerriers envahisseurs est encore de quatre pour un. Et continue à entraîner tes troupes.

– Pourquoi dois-je faire cela ? S'ils atteignent la proportion de cinq pour un, nous sommes perdus.

– Non : nous serons en situation d'égalité. Lorsque le combat aura lieu, tu ne lutteras pas contre un ennemi inférieur, et on ne pourra pas te considérer comme un lâche qui abuse des faibles. L'armée d'Akbar affrontera un adversaire aussi puissant qu'elle et elle gagnera la bataille – parce que son commandant a mis au point la meilleure stratégie. »

Piqué par la vanité, le commandant accepta cette proposition. Et dès lors il commença à dissimuler des informations au gouverneur et à Élie.

Deux mois encore avaient passé et, ce matin-là, l'armée assyrienne avait atteint la proportion de cinq soldats pour un défenseur d'Akbar. À tout moment elle pouvait attaquer.

Depuis quelque temps, Élie soupçonnait le commandant de mentir à propos des forces ennemies, mais cela finirait par se retourner à son avantage : quand la proportion atteindrait le point critique, il serait facile de convaincre la population que la paix était la seule issue.

Il songeait à cela en se dirigeant vers la place où, tous les sept jours, il aidait les habitants à résoudre leurs différends. En général il s'agissait de problèmes sans importance : des querelles de voisinage, des vieux qui ne voulaient plus payer d'impôts, des commerçants qui se jugeaient victimes de préjudices dans leurs affaires.

Le gouverneur était là ; il faisait une apparition

de temps en temps, pour le voir en action. L'anti-
pathie qu'Élie ressentait pour lui avait complètement disparu ; il découvrait en lui un homme
sage, désireux de régler les difficultés avant
qu'elles ne surviennent – même s'il ne croyait pas
dans le monde spirituel et avait très peur de mourir. À plusieurs reprises il avait usé de son autorité
pour donner à une décision d'Élie valeur de loi.
D'autres fois, il s'était opposé à une sentence et,
avec le temps, Élie avait compris qu'il avait raison.

Akbar devenait un modèle de cité phénicienne.
Le gouverneur avait créé un système d'impôts
plus juste, il avait rénové les rues, et il savait
administrer avec intelligence les profits prove-
nant des taxes sur les marchandises. À une certaine époque Élie avait réclamé l'interdiction de
la consommation de vin et de bière, parce que la
majorité des affaires qu'il avait à résoudre
concernait des agressions commises par des individus ivres. Mais le gouverneur avait fait valoir
que c'était ce genre de choses qui faisait une
grande cité. Selon la tradition, les dieux se
réjouissaient quand les hommes se divertissaient
à la fin d'une journée de travail, et ils protégeaient les ivrognes. De plus, la région avait la
réputation de produire un des meilleurs vins du
monde, et les étrangers se méfieraient si ses

propres habitants ne le consommaient plus. Élie respecta la décision du gouverneur et, finalement, il dut admettre que, joyeux, les gens produisaient mieux.

« Tu n'as pas besoin de faire tant d'efforts », dit le gouverneur, avant qu'Élie entreprît le travail de la journée. « Un auxiliaire aide le gouvernement simplement en lui faisant part de ses opinions.

– J'ai la nostalgie de mon pays et je veux y retourner. Occupé à ces activités, j'arrive à me sentir utile et j'oublie que je suis un étranger », répondit-il.

« Et je réussis mieux à contrôler mon amour pour elle », pensa-t-il en lui-même.

*

Le tribunal populaire était désormais suivi par une assistance toujours très attentive. Petit à petit, les gens arrivèrent : les uns étaient des vieillards qui n'avaient plus la force de travailler aux champs et venaient applaudir, ou huer, les décisions d'Élie ; d'autres avaient un intérêt direct dans les affaires qui seraient traitées – soit parce qu'ils avaient été victimes, soit parce qu'ils pourraient tirer profit du jugement. Il y avait aussi des femmes et des enfants qui, faute de travail, devaient occuper leur temps libre.

Élie présenta les affaires de la matinée. Le premier cas était celui d'un berger qui avait rêvé d'un trésor caché en Égypte près des pyramides et qui avait besoin d'argent pour s'y rendre. Élie n'était jamais allé en Égypte mais il savait que c'était loin. Il expliqua au berger qu'il lui serait difficile de trouver les moyens nécessaires auprès d'autrui, mais que, s'il se décidait à vendre ses brebis et à payer le prix de son rêve, il trouverait assurément ce qu'il cherchait.

Ensuite vint une femme qui désirait apprendre l'art de la magie d'Israël. Élie rappela qu'il n'était pas un maître, seulement un prophète.

Alors qu'il se préparait à trouver une solution à l'amiable dans l'affaire d'un agriculteur qui avait maudit la femme d'un autre, un soldat ruisselant de sueur s'avança, écartant la foule, et s'adressa au gouverneur :

« Une patrouille a réussi à capturer un espion. On le conduit ici ! »

Un frisson parcourut l'assemblée ; c'était la première fois qu'on allait assister à un jugement de ce genre.

« À mort ! cria quelqu'un. Mort aux ennemis ! »

Tous les participants semblaient d'accord, à en croire leurs mugissements. En un clin d'œil, la nouvelle se répandit dans toute la cité et la place se remplit encore. Les autres affaires furent jugées à grand-peine. À tout instant on interrompait Élie, en demandant que l'étranger fût présenté sur-le-champ.

« Je ne peux pas juger ce genre d'affaire, expliquait-il. Cela relève des autorités d'Akbar.

— Qu'est-ce que les Assyriens sont venus faire ici ? s'exclamait l'un. Ils ne voient pas que nous sommes en paix depuis des générations ?

— Pourquoi veulent-ils notre eau ? criait un autre. Pourquoi menacent-ils notre cité ? »

Depuis des mois personne n'osait évoquer en public la présence de l'ennemi. Tout le monde voyait un nombre croissant de tentes se dresser à l'horizon, les marchands affirmaient qu'il fallait entreprendre aussitôt les négociations de paix, pourtant le peuple d'Akbar se refusait à croire qu'il vivait sous la menace d'une invasion. Excepté l'incursion ponctuelle d'une tribu insignifiante, dont on venait à bout rapidement, les guerres n'existaient que dans la mémoire des prêtres. Ceux-ci évoquaient un pays nommé Égypte, ses chevaux, ses chars de guerre et ses dieux aux formes d'animaux. Mais cela s'était passé voilà fort longtemps, l'Égypte n'était plus une nation puissante, et les guerriers à la peau sombre qui parlaient une langue inconnue avaient regagné leurs terres. Maintenant les habitants de Tyr et de Sidon dominaient les mers, étendant un nouvel empire sur le monde, et, bien qu'ils fussent des guerriers expérimentés, ils avaient découvert une nouvelle façon de lutter : le commerce.

« Pourquoi sont-ils nerveux ? demanda le gouverneur à Élie.

— Parce qu'ils sentent que quelque chose a changé. Tu sais comme moi que désormais les Assyriens peuvent attaquer à tout moment. Et que le commandant ment sur le nombre des troupes ennemies.

— Mais il ne peut pas être assez fou pour dire la vérité ! Il sèmerait la panique.

— Les gens devinent lorsqu'ils sont en danger ; ils ont des réactions étranges, des pressentiments, ils sentent quelque chose dans l'air. Ils essaient de se cacher la réalité, se croyant incapables de faire face à la situation. Jusqu'à maintenant, eux se sont raconté des histoires ; mais le moment approche où il leur faudra affronter la vérité. »

Le prêtre arriva.

« Allons au palais réunir le Conseil d'Akbar. Le commandant est en route.

— Ne fais pas cela, dit Élie à voix basse au gouverneur. Ils te forceront à faire ce que tu ne veux pas faire.

— Allons-y, insista le prêtre. Un espion a été arrêté et il faut prendre des mesures d'urgence.

135

– Rends le jugement au milieu du peuple, chuchota Élie. Le peuple t'aidera, parce qu'il désire la paix – même s'il réclame la guerre.

– Qu'on amène cet homme ici ! » ordonna le gouverneur.

La foule poussa des cris de joie. Pour la première fois, elle allait assister à une réunion du Conseil.

« Nous ne pouvons pas faire cela ! s'exclama le prêtre. C'est une affaire délicate, qui doit être résolue dans le calme ! »

Quelques huées. De nombreuses protestations.

« Qu'on l'amène ici, répéta le gouverneur. Il sera jugé sur cette place, au milieu du peuple. Nous travaillons ensemble à transformer Akbar en une cité prospère, et ensemble nous jugerons tout ce qui la menace. »

La décision fut accueillie par une salve d'applaudissements. Un groupe de soldats apparut, traînant un homme à demi nu, couvert de sang. Il avait sans doute été frappé abondamment avant d'arriver jusque-là.

Les bruits cessèrent. Un silence pesant s'abattit sur l'assistance, et l'on entendait le grognement des porcs et le bruit des enfants qui jouaient dans le coin opposé de la place.

« Pourquoi avez-vous fait cela au prisonnier ? s'écria le gouverneur.

136

« – Il s'est débattu, répondit un garde. Il a déclaré qu'il n'était pas un espion. Qu'il était venu jusqu'ici pour vous parler. »

Le gouverneur envoya chercher trois sièges. Ses domestiques apportèrent également le manteau de la justice, qu'il portait chaque fois que devait se réunir le Conseil d'Akbar.

Le gouverneur et le grand prêtre prirent place. Le troisième siège était réservé au commandant, qui n'était pas encore arrivé.

« Je déclare solennellement ouvert le tribunal de la cité d'Akbar. Que les anciens s'approchent. »

Un groupe de vieillards se présenta et se plaça en demi-cercle derrière les sièges. Ils formaient le Conseil des anciens; autrefois, leurs opinions étaient respectées et suivies d'effet, mais aujourd'hui ce groupe n'avait plus qu'un rôle décoratif : ils étaient là pour entériner toutes les décisions du gouvernement.

Une fois accomplies certaines formalités – une prière aux dieux de la Cinquième Montagne et la déclamation des noms de quelques héros du passé –, le gouverneur s'adressa au prisonnier :

« Que veux-tu ? »

L'homme ne répondit pas. Il le dévisageait d'une manière étrange, comme s'il était son égal.

« Que veux-tu ? » insista le gouverneur.

Le prêtre lui toucha le bras.

« Nous avons besoin d'un interprète. Il ne parle pas notre langue. »

L'ordre fut donné et un garde partit à la recherche d'un commerçant qui pût servir d'interprète. Toujours très occupés par leurs affaires et leurs profits, les marchands n'allaient jamais assister aux séances qu'organisait Élie.

Tandis qu'ils attendaient, le prêtre murmura :

« Ils ont frappé le prisonnier parce qu'ils ont peur. Laisse-moi conduire ce procès et ne dis rien : la panique les rend tous agressifs et, si nous ne faisons pas preuve d'autorité, nous risquons de perdre le contrôle de la situation. »

Le gouverneur ne répondit pas. Lui aussi avait peur. Il chercha Élie des yeux mais, de l'endroit où il était assis, il ne le voyait pas.

*

Un commerçant arriva, amené de force par le garde. Il protesta contre le tribunal parce qu'il perdait son temps et qu'il avait beaucoup d'affaires à régler. Mais le prêtre, d'un regard sévère, lui intima l'ordre de se tenir tranquille et de traduire la conversation.

« Que viens-tu faire ici ? interrogea le gouverneur.

– Je ne suis pas un espion, répondit l'homme. Je suis un général de l'armée. Je suis venu discuter avec vous. »

L'assistance, qui était totalement silencieuse, se mit à crier à peine la phrase traduite. Le public affirmait que c'était un mensonge et exigeait la peine de mort immédiate.

Le prêtre réclama le silence et se tourna de nouveau vers le prisonnier :

« De quoi veux-tu discuter ?

– Le gouverneur a la réputation d'être un homme sage, répondit l'Assyrien. Nous ne voulons pas détruire cette cité : ce qui nous intéresse, c'est Tyr et Sidon. Mais Akbar se trouve au milieu du chemin et contrôle cette vallée. Si nous sommes obligés de combattre, nous perdrons du temps et des hommes. Je viens proposer un règlement.

« Cet homme dit la vérité », songea Élie. Il avait remarqué qu'il était entouré par un groupe de soldats qui l'empêchaient de voir l'endroit où le gouverneur était assis. « Il pense comme nous. Le Seigneur a réalisé un miracle, et il va mettre un point final à cette situation périlleuse. »

Le prêtre se leva et cria au peuple :

« Vous voyez ? Ils veulent nous détruire sans combat !

– Continue ! » reprit le gouverneur.

Mais le prêtre s'interposa une fois de plus :

« Notre gouverneur est un homme bon, qui refuse de faire couler le sang. Mais nous sommes dans une situation de guerre et le prévenu qui se tient devant vous est un ennemi !

– Il a raison ! » s'écria quelqu'un dans l'assistance.

Élie comprit son erreur. Le prêtre jouait avec l'auditoire tandis que le gouverneur ne cherchait qu'à faire justice. Il tenta de s'approcher mais on le bouscula. Un soldat le saisit par le bras.

« Attends ici. En fin de compte, l'idée était de toi. »

Élie se retourna : c'était le commandant, et il souriait.

« Nous ne pouvons écouter aucune proposition, poursuivit le prêtre, laissant l'émotion émaner de ses gestes et de ses propos. Si nous montrons que nous voulons négocier, ce sera la preuve que nous avons peur. Et le peuple d'Akbar est courageux. Il est en mesure de résister à n'importe quelle invasion.

– Cet homme recherche la paix », dit le gouverneur, en s'adressant à la foule.

Une voix s'éleva :

« Les marchands recherchent la paix. Les prêtres désirent la paix. Les gouverneurs administrent la paix. Mais une armée ne souhaite qu'une chose : la guerre !

– Ne voyez-vous pas que nous parvenons à faire face à la menace religieuse d'Israël sans mener aucune guerre ? hurla le gouverneur. Nous n'avons pas envoyé d'armées, ni de navires, mais Jézabel. Maintenant ils adorent Baal sans que nous ayons eu besoin de sacrifier un seul homme au front.

– Eux, ils n'ont pas envoyé une belle femme, mais leurs guerriers ! » cria le prêtre encore plus fort.

Le peuple exigeait la mort de l'Assyrien. Le gouverneur retint le prêtre par le bras.

« Assieds-toi, ordonna-t-il. Tu vas trop loin.

– C'est toi qui as eu l'idée d'un procès public. Ou, mieux, c'est le traître israélite, qui semble dicter les actes du gouverneur d'Akbar.

– Je m'expliquerai plus tard avec lui. Maintenant nous devons apprendre ce que veut l'Assyrien. Pendant des générations, les hommes ont cherché à imposer leur volonté par la force ; ils disaient ce qu'ils voulaient, mais ils ne tenaient aucun compte de ce que pensait le peuple, et tous ces empires ont finalement été détruits. Notre peuple est devenu grand parce qu'il a appris à écouter. Ainsi, nous avons développé le commerce, en écoutant ce que l'autre désire et en faisant notre possible pour l'obtenir. Le résultat est le profit. »

Le prêtre hocha la tête.

« Tes propos semblent sages, et c'est le pire de tous les dangers. Si tu disais des sottises, il serait facile de prouver que tu te trompes. Mais ce que tu viens d'affirmer nous conduit tout droit à un piège. »

Les gens qui se trouvaient au premier rang intervenaient dans la discussion. Jusque-là, le gouverneur s'était toujours efforcé de tenir compte de l'opinion du Conseil, et Akbar avait une excellente réputation ; Tyr et Sidon avaient envoyé des émissaires pour observer comment elle était administrée ; le nom du gouverneur était parvenu aux oreilles de l'empereur et, avec un peu de chance, il pourrait terminer ses jours comme ministre de la Cour. Mais aujourd'hui, on avait bravé publiquement son autorité. S'il ne prenait pas rapidement des mesures, il perdrait le respect du peuple – et il ne pourrait plus prendre de décisions capitales parce que personne ne lui obéirait.

« Continue », lança-t-il au prisonnier, ignorant le regard furieux du prêtre et exigeant que l'interprète traduisît sa question.

« Je suis venu proposer un arrangement, dit l'Assyrien. Vous nous laissez passer, et nous marcherons contre Tyr et Sidon. Une fois que ces cités seront vaincues – elles le seront certainement, car une grande partie de leurs guerriers sont sur les navires pour surveiller le commerce –, nous serons généreux avec Akbar. Et nous te garderons comme gouverneur.

– Vous voyez ? s'exclama le prêtre en se relevant. Ils pensent que notre gouverneur est capable d'échanger l'honneur d'Akbar contre un poste élevé ! »

La foule en colère se mit à gronder. Ce prisonnier blessé, à moitié nu, voulait imposer ses conditions ! Un homme vaincu qui proposait la reddition de la cité ! Certains se levèrent et s'apprêtèrent à l'agresser. Les gardes eurent bien du mal à maîtriser la situation.

« Attendez ! reprit le gouverneur, qui tentait de parler plus fort que tous. Nous avons devant nous un homme sans défense, il ne peut donc pas nous faire peur. Nous savons que notre armée est la mieux préparée et que nos guerriers sont les plus vaillants. Nous n'avons rien à prouver à personne. Si nous décidons de combattre, nous vaincrons, mais les pertes seront énormes. »

Élie ferma les yeux et pria pour que le gouverneur parvînt à convaincre le peuple.

« Nos ancêtres nous parlaient de l'empire égyptien, mais ce temps est révolu, continua-t-il. Maintenant nous revenons à l'âge d'or, nos pères et nos grands-pères ont vécu en paix. Pourquoi devrions-nous rompre cette tradition ? Les guerres modernes se font dans le commerce, non sur les champs de bataille. »

Peu à peu, la foule redevint silencieuse. Le gouverneur était sur le point de réussir.

Quand le bruit cessa, il s'adressa à l'Assyrien.

« Ce que tu proposes ne suffit pas. Vous devrez payer les taxes dont les marchands s'acquittent pour traverser nos territoires.

— Crois-moi, gouverneur, vous n'avez pas le choix, répliqua le prisonnier. Nous avons suffisamment d'hommes pour raser cette cité et tuer tous ses habitants. Vous êtes en paix depuis très longtemps et vous ne savez plus lutter, alors que, nous, nous sommes en train de conquérir le monde. »

Les murmures reprirent dans l'assistance. Élie pensait : « Il ne peut pas flancher maintenant. » Mais il devenait difficile d'affronter le prisonnier assyrien qui, même dominé, imposait ses conditions. À chaque minute, la foule augmentait — Élie remarqua que les commerçants avaient abandonné leur travail et s'étaient mêlés aux spectateurs, inquiets du déroulement des événements. Le jugement revêtait une importance considérable ; il n'y avait plus moyen de reculer, la décision fût-elle la négociation ou la mort.

Les spectateurs commencèrent à se diviser ; les uns défendaient la paix, les autres exigeaient la résistance d'Akbar. Le gouverneur dit tout bas au prêtre :

« Cet homme m'a défié publiquement. Mais toi aussi. »

Le prêtre se tourna vers lui. Et, parlant de manière que personne ne pût l'entendre, il lui ordonna de condamner immédiatement l'Assyrien à mort.

« Je ne demande pas, j'exige. C'est moi qui te maintiens au pouvoir et je peux mettre fin quand je veux à cette situation, tu comprends ? Je connais des sacrifices qui peuvent apaiser la colère des dieux lorsque nous sommes contraints de remplacer la famille gouvernante. Ce ne sera pas la première fois : même en Égypte, un empire qui a duré des milliers d'années, de nombreuses dynasties ont été remplacées. Et pourtant l'univers est resté en ordre et le ciel ne nous est pas tombé sur la tête. »

Le gouverneur pâlit.

« Le commandant se trouve dans l'assistance, avec une partie de ses soldats. Si tu persistes à négocier avec cet homme, je dirai à tout le monde que les dieux t'ont abandonné. Et tu seras déposé. Nous allons poursuivre le procès. Et tu vas faire exactement ce que je t'ordonnerai. »

Si Élie avait été en vue, le gouverneur aurait encore eu une solution : il aurait demandé au prophète israélite d'affirmer qu'il avait vu un ange au sommet de la Cinquième Montagne, ainsi qu'il le lui avait raconté. Il aurait rappelé l'histoire de la résurrection du fils de la veuve. Et cela aurait été la parole d'Élie, un homme qui s'était déjà montré capable de faire des miracles, contre la parole d'un homme qui jamais n'avait fait la preuve d'aucune sorte de pouvoir surnaturel.

Mais Élie l'avait abandonné, et il n'avait plus le choix. En outre, ce n'était qu'un prisonnier – et aucune armée au monde n'entreprend une guerre parce qu'elle a perdu un soldat.

« Tu gagnes cette partie », dit-il au prêtre. Un jour, il négocierait une contrepartie.

Le prêtre hocha la tête. Le verdict fut rendu peu après.

« Personne ne défie Akbar, proclama le gouverneur. Et personne n'entre dans notre cité sans la permission de son peuple. Tu as tenté de le faire et tu es condamné à mort. »

Là où il se trouvait, Élie baissa les yeux. Le commandant souriait.

On conduisit le prisonnier, accompagné d'une foule de plus en plus nombreuse, jusqu'à un terrain non loin des remparts. Là, on lui arracha ce qui lui restait de vêtements et on le laissa nu. Un soldat le poussa au fond d'une fosse. Les gens, agglutinés tout autour, se bousculaient à celui qui le verrait le mieux.

« Un soldat porte avec fierté son uniforme de guerre et se rend visible à l'ennemi parce qu'il a du courage. Un espion s'habille en femme, car il est lâche ! cria le gouverneur, pour être entendu de tous. C'est pourquoi je te condamne à quitter cette vie sans la dignité des braves. »

Le peuple hua le prisonnier et applaudit le gouverneur.

Le prisonnier parlait, mais l'interprète n'était plus là et personne ne le comprenait. Élie parvint à se frayer un chemin pour rejoindre le gouverneur, mais il était trop tard. Quand il toucha son manteau, il fut violemment repoussé.

« C'est ta faute. Tu as voulu un procès public.

– C'est *ta* faute, rétorqua Élie. Même si le Conseil d'Akbar s'était réuni en secret, le commandant et le prêtre auraient obtenu ce qu'ils désiraient. J'étais entouré de gardes pendant tout le procès. Ils avaient tout arrangé. »

La coutume voulait qu'il revînt au prêtre de déterminer la durée du supplice. Celui-ci se baissa, ramassa une pierre et la tendit au gouverneur : elle n'était pas assez grosse pour entraîner une mort rapide, ni assez petite pour prolonger la souffrance très longtemps.

« À toi l'honneur.

– J'y suis obligé, murmura le gouverneur afin que seul le prêtre l'entendît. Mais tu sais que ce n'est pas la bonne voie.

– Pendant toutes ces années, tu m'as forcé à adopter les positions les plus dures, tandis que tu tirais profit des décisions qui faisaient plaisir au peuple, répliqua le prêtre, lui aussi à voix basse. J'ai dû affronter le doute et la culpabilité, et j'ai passé des nuits d'insomnie, poursuivi par le fantôme des erreurs que j'aurais pu commettre. Mais comme je ne suis pas un lâche, Akbar est aujourd'hui une cité enviée du monde entier. »

Les gens étaient allés chercher des pierres de

la taille requise. Pendant quelque temps, on n'entendit plus que le bruit des cailloux qui s'entrechoquaient. Le prêtre poursuivit :

« Je peux me tromper en condamnant à mort cet homme. Mais je suis sûr de l'honneur de notre cité ; nous ne sommes pas des traîtres. »

*

Le gouverneur leva la main et jeta la première pierre ; le prisonnier l'esquiva. Mais aussitôt, la foule, au milieu des cris et des huées, se mit à le lapider.

L'homme tentait de protéger son visage de ses bras, et les pierres atteignaient sa poitrine, son dos, son ventre. Le gouverneur voulut s'en aller ; il avait tant de fois vu ce spectacle, il savait que la mort était lente et douloureuse, que le visage deviendrait une bouillie d'os, de cheveux et de sang, que les gens continueraient à jeter des pierres bien après que la vie eut abandonné ce corps. Dans quelques minutes, le prisonnier cesserait de se défendre et baisserait les bras. S'il avait été un homme bon dans cette vie, les dieux guideraient l'une des pierres, qui atteindrait le devant du crâne, provoquant l'évanouissement. En revanche, s'il avait commis des cruautés, il resterait conscient jusqu'à la dernière minute.

La foule criait, lançait des pierres avec une férocité croissante, et le condamné cherchait à se défendre de son mieux. Soudain, l'homme écarta les bras et parla dans une langue que tous pouvaient comprendre. Surprise, la foule s'interrompit.

« Vive l'Assyrie ! s'exclama-t-il. En ce moment, je contemple l'image de mon peuple et je meurs heureux, car je meurs comme un général qui a tenté de sauver la vie de ses guerriers. Je vais rejoindre la compagnie des dieux et je suis content car je sais que nous conquerrons cette terre !

– Tu as entendu ? dit le prêtre. Il a écouté et compris toute notre conversation au cours du procès ! »

Le gouverneur l'admit. L'homme parlait leur langue, et maintenant il savait que le Conseil d'Akbar était divisé.

« Je ne suis pas en enfer, parce que la vision de mon pays me donne dignité et force. La vision de mon pays me donne la joie ! Vive l'Assyrie ! » cria l'homme de nouveau.

Revenue de sa stupeur, la foule se remit à le lapider. L'homme gardait les bras écartés sans chercher à se protéger – c'était un guerrier vaillant. Quelques secondes plus tard, la miséricorde des dieux se manifesta : une pierre le frappa au front et il s'évanouit.

150

« Nous pouvons nous en aller maintenant, déclara le prêtre. Le peuple d'Akbar se chargera d'achever la tâche. »

*

Élie ne retourna pas chez la veuve. Il se promena sans but dans le désert.

« Le Seigneur n'a rien fait, disait-il aux plantes et aux rochers. Et Il aurait pu intervenir. »

Il regrettait sa décision, il se jugeait encore une fois coupable de la mort d'un homme. S'il avait accepté l'idée d'une réunion secrète du Conseil d'Akbar, le gouverneur aurait pu l'emmener avec lui ; ils auraient été deux face au prêtre et au commandant. Leurs chances auraient été minces mais tout de même plus sérieuses que dans un procès public.

Pire encore : il avait été impressionné par la manière dont le prêtre s'était adressé à la foule ; même s'il n'était pas d'accord avec tous ses propos, il était bien obligé de reconnaître que cet homme avait une profonde connaissance du commandement. Il tâcherait de se rappeler chaque détail de cette scène pour le jour où – en Israël – il devrait affronter le roi et la princesse de Tyr.

Il marcha sans but, regardant les montagnes, la

151

cité et le campement assyrien au loin. Il n'était qu'un point dans cette vallée et un monde immense l'entourait – un monde si vaste que, même s'il voyageait sa vie entière, il n'en atteindrait pas le bout. Ses amis, et ses ennemis, avaient peut-être mieux compris que lui la terre où ils vivaient : ils pouvaient voyager vers des pays lointains, naviguer sur des mers inconnues, aimer une femme sans se sentir coupables. Aucun d'eux n'écoutait plus les anges de l'enfance, ni ne se proposait de lutter au nom du Seigneur. Ils vivaient dans le présent et ils étaient heureux. Élie était une personne comme les autres, et, à ce moment, alors qu'il se promenait dans la vallée, il désirait n'avoir jamais entendu la voix du Seigneur et de Ses anges.

Mais la vie n'est pas faite de désirs, elle est faite des actes de chacun. Il se souvint qu'il avait déjà tenté à plusieurs reprises de renoncer à sa mission, et pourtant il était là, au milieu de cette vallée, parce que le Seigneur l'avait exigé ainsi.

« J'aurais pu n'être qu'un charpentier, mon Dieu, et j'aurais été encore utile à Ton entreprise. »

Mais Élie accomplissait ce qu'on avait exigé de lui, portant le poids de la guerre à venir, le massacre des prophètes par Jézabel, la lapidation du général assyrien, la peur de son amour pour une femme d'Akbar. Le Seigneur lui avait fait un cadeau, et il ne savait qu'en faire.

Au milieu de la vallée surgit la lumière. Ce n'était pas son ange gardien – celui qu'il écoutait toujours, mais voyait rarement. C'était un ange du Seigneur, qui venait le consoler.

« Je ne peux rien faire de plus ici, dit Élie. Quand retournerai-je en Israël ?

– Quand tu auras appris à reconstruire, répondit l'ange. Rappelle-toi ce que Dieu a enseigné à Moïse avant un combat. Profite de chaque moment, si tu ne veux pas plus tard avoir des regrets, et te dire que tu as perdu ta jeunesse. À chaque âge, le Seigneur donne à l'homme ses inquiétudes particulières. »

« *LE SEIGNEUR DIT À MOÏSE :*

" N'aie pas peur, ne laisse pas ton cœur faiblir avant le combat, ne sois pas terrifié devant tes ennemis. L'homme qui a planté une vigne et n'en a pas encore profité, qu'il le fasse vite, afin que, s'il meurt dans la lutte, ce ne soit pas un autre qui en profite. L'homme qui aime une femme, et ne l'a pas encore reçue, qu'il retourne chez elle, afin que, s'il meurt dans la lutte, ce ne soit pas un autre homme qui la reçoive. " »

ÉLIE MARCHA ENCORE QUELQUE TEMPS, CHERCHANT À comprendre ce qu'il venait d'entendre. Alors qu'il se préparait à retourner à Akbar, il aperçut la femme qu'il aimait assise sur un rocher au pied de la Cinquième Montagne – à quelques minutes de l'endroit où il se trouvait.

« Que fait-elle ici ? Serait-elle au courant du procès, de la condamnation à mort, et des risques que nous courons désormais ? »

Il devait l'avertir immédiatement. Il décida de la rejoindre.

Elle remarqua sa présence et lui fit signe. Élie semblait avoir oublié les paroles de l'ange, car d'un seul coup son inquiétude revint. Il feignit d'être préoccupé par les problèmes de la cité, afin qu'elle ne devinât pas la confusion qui régnait dans son cœur et dans son esprit.

« Que fais-tu ici ? demanda-t-il en arrivant près d'elle.

– Je suis venue chercher un peu d'inspiration. L'écriture que j'apprends me fait penser à la Main qui a dessiné les vallées, les monts, la cité d'Akbar. Des commerçants m'ont donné des encres de toutes les couleurs car ils désirent que j'écrive pour eux. J'ai songé à les utiliser pour décrire le monde qui m'entoure mais je sais que c'est difficile : même si je dispose des couleurs, seul le Seigneur parvient à les mélanger avec une telle harmonie. »

Elle gardait les yeux fixés sur la Cinquième Montagne. Elle était devenue complètement différente de la personne qu'il avait rencontrée quelques mois auparavant, ramassant du bois à la porte de la cité. Sa présence solitaire, au milieu du désert, lui inspirait confiance et respect.

« Pourquoi toutes les montagnes ont-elles un nom, sauf la Cinquième Montagne, que l'on désigne par un nombre ? demanda Élie.

– Pour ne pas susciter de querelle entre les dieux, répondit-elle. La tradition raconte que si l'homme avait donné à cette montagne le nom d'un dieu particulier, les autres, furieux, auraient détruit la terre. C'est pour cela qu'elle s'appelle le Mont Cinq. Parce que c'est le cinquième mont que nous apercevons au-delà des murailles. Ainsi, nous n'offensons personne, et l'Univers reste en ordre. »

Ils se turent quelque temps. Puis la femme rompit le silence :

« Je réfléchis sur les couleurs, mais je pense aussi au danger que représente l'écriture de Byblos. Elle peut offenser les dieux phéniciens et le Seigneur notre Dieu.

– Seul existe le Seigneur, l'interrompit Élie. Et tous les pays civilisés ont leur écriture.

– Mais celle-ci est différente. Quand j'étais enfant, j'allais souvent sur la place assister au travail que le peintre de mots réalisait pour les marchands. Ses dessins, fondés sur l'écriture égyptienne, exigeaient adresse et savoir. Maintenant, l'antique et puissante Égypte est décadente, elle n'a plus d'argent pour acheter quoi que ce soit, et personne n'utilise plus son langage. Les navigateurs de Tyr et de Sidon répandent l'écriture de Byblos dans le monde entier. On peut inscrire les mots et les cérémonies sacrées sur les tablettes d'argile et les transmettre d'un peuple à l'autre. Qu'adviendra-t-il du monde si des gens sans scrupules se mettent à utiliser les rituels pour intervenir dans l'univers ? »

Élie comprenait ce que la femme voulait dire. L'écriture de Byblos était fondée sur un système très simple : il suffisait de transformer les dessins égyptiens en sons, puis de désigner une lettre pour chaque son. Selon l'ordre dans lequel on plaçait ces lettres, on pouvait créer tous les sons possibles et décrire tout ce qui existait dans l'univers. Certains sons étant malaisés à prononcer, les Grecs avaient résolu la difficulté en ajoutant cinq lettres – appelées *voyelles* – aux vingt et quelques caractères de Byblos. Ils avaient baptisé cette innovation *alphabet,* nom qui maintenant servait à désigner la nouvelle forme d'écriture.

Les relations commerciales entre les différentes cultures en avaient été grandement facilitées. Avec l'écriture égyptienne, il fallait beaucoup d'espace et d'habileté pour parvenir à exprimer ses idées, et une profonde connaissance pour les interpréter ; elle avait été imposée aux peuples conquis, mais n'avait pas survécu à la décadence de l'empire. Le système de Byblos, pendant ce temps, se répandait rapidement à travers le monde, et son adoption ne dépendait plus de la puissance économique de la Phénicie.

La méthode de Byblos, avec son adaptation grecque, avait plu aux marchands de diverses nations ; depuis les temps anciens, c'étaient eux qui décidaient de ce qui devait demeurer dans l'Histoire, et de ce qui disparaîtrait à la mort de tel roi ou de tel haut personnage. Tout indiquait que l'invention phénicienne était destinée à devenir le langage courant des affaires, survivant à ses navigateurs, ses rois, ses princesses séductrices, ses producteurs de vin, ses maîtres verriers.

« Dieu disparaîtra des mots ? s'enquit la femme.

– Il sera toujours en eux, répondit Élie. Mais chacun sera responsable devant Lui de tout ce qu'il écrira. »

Elle retira de la manche de son vêtement une tablette d'argile portant une inscription.

« Qu'est-ce que cela signifie ? demanda Élie.

– C'est le mot *amour.* »

Élie prit la tablette, mais il n'eut pas le courage de demander pourquoi elle la lui avait tendue. Sur ce morceau d'argile, quelques traits griffonnés résumaient pourquoi les étoiles restaient suspendues dans les cieux et pourquoi les hommes marchaient sur la terre.

Il voulut la lui rendre mais elle refusa.

« J'ai écrit cela pour toi. Je connais ta responsabilité, je sais qu'un jour il te faudra partir, et que tu te transformeras en ennemi de mon pays car tu désires anéantir Jézabel. Ce jour-là, je serai peut-être à ton côté, t'apportant mon soutien pour que tu accomplisses ta tâche. Ou peut-être lutterai-je contre toi, parce que le sang de Jézabel est celui de mon pays ; ce mot, que tu tiens dans tes mains, est empli de mystères. Personne ne peut savoir ce qu'il éveille dans le cœur d'une femme – pas même les prophètes qui conversent avec Dieu.

– Je connais ce mot, dit Élie en rangeant la

tablette dans son manteau. J'ai lutté jour et nuit contre lui, car si j'ignore ce qu'il éveille dans le cœur d'une femme, je sais ce qu'il peut faire d'un homme. J'ai suffisamment de courage pour affronter le roi d'Israël, la princesse de Sidon, le Conseil d'Akbar, mais ce seul mot, *amour*, me cause une terreur profonde. Avant que tu ne le dessines sur la tablette, tes yeux l'avaient déjà écrit dans mon cœur. »

Ils restèrent tous deux silencieux. Il y avait la mort de l'Assyrien, le climat de tension dans la cité, l'appel du Seigneur qui pouvait survenir à tout moment ; mais le mot qu'elle avait inscrit était plus puissant que tout cela.

Élie tendit la main, et elle la prit. Ils restèrent ainsi jusqu'à ce que le soleil se cache derrière la Cinquième Montagne.

« Merci, dit-elle sur le chemin du retour. Il y a longtemps que je désirais passer une fin d'après-midi avec toi. »

Quand ils arrivèrent à la maison, un émissaire du gouverneur attendait : il demandait à Élie d'aller le retrouver immédiatement.

« Je t'ai soutenu, et pour me remercier tu t'es montré lâche, dit le gouverneur. Que dois-je faire de ta vie ?

– Je ne vivrai pas une seconde de plus que le Seigneur ne le désire, répondit Élie. C'est Lui qui décide, pas toi. »

Le gouverneur s'étonna du courage d'Élie.

« Je peux te faire décapiter sur-le-champ. Ou te traîner par les rues de la cité, en disant que tu as porté malheur à notre peuple, répliqua-t-il. Et ce ne sera pas une décision de ton Dieu unique.

– Quel que soit mon destin, il se réalisera. Mais je veux que tu saches que je n'ai pas fui ; les soldats du commandant m'ont empêché d'arriver jusqu'à toi. Il voulait la guerre, et il a tout fait pour y parvenir. »

Le gouverneur décida de mettre un terme à

cette discussion stérile. Il lui fallait expliquer son plan au prophète israélite.

« Ce n'est pas le commandant qui désire la guerre ; en bon militaire, il a conscience que son armée est inférieure, qu'elle manque d'expérience et sera décimée par l'ennemi. En homme d'honneur, il sait que cela risque d'être un motif de honte pour ses descendants. Mais l'orgueil et la vanité ont endurci son cœur.

– Il pense que l'ennemi a peur. Il ne sait pas que les guerriers assyriens sont bien entraînés : dès qu'ils entrent dans l'armée, ils plantent un arbre, et chaque jour ils sautent par-dessus l'endroit où la graine est enfouie. La graine se transforme en pousse et ils sautent toujours par-dessus. La pousse devient plante et ils continuent de sauter. Ils ne s'ennuient pas, ils ne trouvent pas que ce soit une perte de temps. Peu à peu, l'arbre grandit – et les guerriers sautent de plus en plus haut. Ils se préparent ainsi aux obstacles avec patience et dévouement.

– Ils sont habitués à reconnaître un défi. Ils nous observent depuis des mois. »

Élie interrompit le gouverneur :

« Qui a intérêt à cette guerre ?

– Le prêtre. Je l'ai compris pendant le procès du prisonnier assyrien.

– Pour quelle raison ?

162

« – Je l'ignore. Mais il a été suffisamment habile pour persuader le commandant et le peuple. Maintenant, la cité entière est de son côté, et je ne vois qu'une issue à la difficile situation dans laquelle nous nous trouvons. »

Il fit une longue pause et fixa l'Israélite dans les yeux :

« Toi. »

Le gouverneur se mit à marcher de long en large, parlant vite et laissant paraître sa nervosité.

« Les commerçants aussi désirent la paix, mais ils ne peuvent rien faire. En outre, ils sont assez riches pour s'installer dans une autre cité ou attendre que les conquérants commencent à acheter leurs produits. Le reste de la population a perdu la raison et exige que nous attaquions un ennemi infiniment supérieur. La seule chose qui puisse les convaincre de changer d'avis, c'est un miracle. »

Élie était tendu.

« Un miracle ?

– Tu as ressuscité un enfant que la mort avait déjà emporté. Tu as aidé le peuple à trouver son chemin et, bien qu'étant étranger, tu es aimé de presque tout le monde.

– La situation était celle-là jusqu'à ce matin, dit Élie. Mais maintenant elle est différente : dans le contexte que tu viens de décrire, quiconque défendra la paix sera considéré comme un traître.

– Il ne s'agit pas de défendre quoi que ce soit. Je veux que tu fasses un miracle aussi grand que la résurrection de l'enfant. Alors, tu diras au peuple que la paix est la seule issue et il t'écoutera. Le prêtre perdra complètement son pouvoir. »

Il y eut un moment de silence. Le gouverneur reprit :

« Je suis prêt à passer un accord : si tu fais ce que je te demande, la religion du Dieu unique sera obligatoire à Akbar. Tu plairas à Celui que tu sers, et moi je parviendrai à négocier les conditions de paix. »

ÉLIE MONTA À L'ÉTAGE DE LA MAISON, OÙ SE TROUVAIT sa chambre. Il avait, à ce moment-là, une opportunité qu'aucun prophète n'avait eue auparavant : convertir une cité phénicienne. Ce serait la manière la plus cuisante de montrer à Jézabel qu'il y avait un prix à payer pour ce qu'elle avait fait dans son pays.

Il était excité par la proposition du gouverneur. Il pensa même réveiller la femme, qui dormait en bas, mais il changea d'avis ; elle devait rêver du bel après-midi qu'ils avaient passé ensemble.

Il invoqua son ange. Et celui-ci apparut.

« Tu as entendu la proposition du gouverneur, dit Élie. C'est une chance unique.

– Aucune chance n'est unique, répondit l'ange. Le Seigneur offre aux hommes de nombreuses occasions. En outre, rappelle-toi ce qui a été annoncé : aucun autre miracle ne te sera permis jusqu'à ce que tu sois retourné au sein de ta patrie. »

Élie baissa la tête. À ce moment, l'ange du Seigneur surgit et fit taire son ange gardien. Et il déclara :

« Voici ton prochain miracle :

« Tu iras réunir tout le peuple devant la montagne. D'un côté, tu ordonneras que soit élevé un autel à Baal, et un bouvillon lui sera présenté. De l'autre côté, tu élèveras un autel au Seigneur ton Dieu, et sur lui aussi tu placeras un bouvillon.

« Et tu diras aux adorateurs de Baal : " Invoquez le nom de votre dieu, tandis que j'invoquerai le nom du Seigneur. " Laisse-les faire d'abord ; qu'ils passent toute la matinée à prier et à crier, demandant à Baal de descendre pour recevoir ce qui lui est offert.

« Ils crieront à haute voix et ils se tailladeront avec leurs poignards et ils prieront que le bouvillon soit reçu par le dieu, mais il ne se passera rien.

« Quand ils seront fatigués, tu empliras quatre jarres d'eau et tu les verseras sur ton bouvillon. Tu le feras une seconde fois. Et tu le feras encore une troisième fois. Alors tu imploreras le Dieu d'Abraham, d'Isaac et d'Israël de montrer à tous Son pouvoir.

« À ce moment, le Seigneur enverra le feu du ciel et il dévorera ton sacrifice. »

Élie s'agenouilla et rendit grâces.

« Cependant, poursuivit l'ange, ce miracle ne peut avoir lieu qu'une seule fois dans ta vie. Choisis si tu désires le réaliser ici, pour empêcher une bataille, ou si tu préfères le réaliser dans ton pays, pour délivrer les tiens de la menace de Jézabel. »

Et l'ange du Seigneur s'en fut.

LA FEMME SE RÉVEILLA TÔT ET VIT ÉLIE ASSIS SUR LE seuil. Il avait les yeux cernés de quelqu'un qui n'a pas dormi.

Elle aurait aimé lui demander ce qui s'était passé la nuit précédente, mais elle redoutait sa réponse. Son insomnie pouvait avoir été causée par sa conversation avec le gouverneur, et par la menace de guerre ; mais il y avait peut-être un autre motif, la tablette d'argile qu'elle lui avait offerte. Alors, si elle soulevait la question, elle risquait d'entendre que l'amour d'une femme ne convenait pas aux desseins de Dieu.

« Viens manger quelque chose », fut son seul commentaire.

Son fils se réveilla à son tour. Ils se mirent tous les trois à table et mangèrent.

« J'aurais aimé rester avec toi hier, dit Élie. Mais le gouverneur avait besoin de moi.

— Ne t'en fais pas pour lui, dit-elle, sentant que son cœur se calmait. Sa famille gouverne Akbar depuis des générations, et il saura quoi faire devant la menace.

— J'ai aussi conversé avec un ange. Et il a exigé de moi une décision très difficile.

— Tu ne dois pas non plus t'inquiéter à cause des anges. Peut-être vaut-il mieux croire que les dieux changent avec le temps. Mes ancêtres adoraient les dieux égyptiens qui avaient forme d'animaux. Ces dieux sont partis et, jusqu'à ton arrivée, on m'a appris à faire des sacrifices à Astarté, à El, à Baal et à tous les habitants de la Cinquième Montagne. Maintenant j'ai connaissance du Seigneur mais il se peut que lui aussi nous quitte un jour, et que les prochains dieux soient moins exigeants. »

L'enfant réclama un peu d'eau. Il n'y en avait pas.

« Je vais en chercher, dit Élie.

— Je viens avec toi », proposa l'enfant.

*

Ils prirent ensemble la direction du puits. En chemin, ils passèrent là où, tôt le matin, le commandant entraînait ses soldats.

« Allons jeter un coup d'œil, dit le gamin. Je serai soldat quand je serai grand. »

169

Élie acquiesça.

« Lequel d'entre nous est le meilleur au maniement de l'épée ? demandait un guerrier.

— Va jusqu'à l'endroit où l'espion a été lapidé hier, dit le commandant. Ramasse une grosse pierre et insulte-la.

— Pourquoi cela ? La pierre ne me répondra pas.

— Alors attaque-la avec ton épée.

— Mon épée se brisera, dit le soldat. Et ce n'était pas ma question ; je veux savoir qui est le meilleur au maniement de l'épée.

— Le meilleur est celui qui ressemble à une pierre, répondit le commandant. Sans sortir la lame du fourreau, il réussit à prouver que personne ne pourra le vaincre. »

« Le gouverneur a raison : le commandant est un sage, pensa Élie. Mais même la plus grande sagesse peut être occultée par l'éclat de la vanité. »

*

Ils poursuivirent leur chemin. L'enfant lui demanda pourquoi les soldats s'entraînaient autant.

« Pas seulement les soldats, mais ta mère aussi, et moi, et ceux qui suivent leur cœur. Tout, dans la vie, exige de l'entraînement.

170

– Même pour être prophète ?

– Même pour comprendre les anges. Nous voulons tellement leur parler que nous n'écoutons pas ce qu'ils disent. Il n'est pas facile d'écouter : dans nos prières, nous cherchons toujours à expliquer en quoi nous nous sommes trompés et ce que nous aimerions qu'il nous arrive. Mais le Seigneur sait déjà tout cela, et parfois Il nous demande seulement d'entendre ce que nous dit l'univers. Et d'avoir de la patience. »

Le gamin le regardait, surpris. Il ne devait rien comprendre, et pourtant Élie éprouvait le besoin de poursuivre la conversation. Peut-être – quand il serait grand – ces propos l'aideraient-ils dans une situation difficile.

« Toutes les batailles de la vie nous enseignent quelque chose, même celles que nous perdons. Lorsque tu seras grand, tu découvriras que tu as soutenu des mensonges, que tu t'es menti à toi-même, ou que tu as souffert pour des bêtises. Si tu es un bon guerrier, tu ne te sentiras pas coupable, mais tu ne laisseras pas non plus tes erreurs se répéter. »

Il décida de se taire ; un enfant de cet âge ne pouvait pas comprendre ce qu'il disait. Ils marchaient lentement, et Élie regardait les rues de la cité qui un jour l'avait accueilli et qui, maintenant, était près de disparaître. Tout dépendait de la décision qu'il prendrait.

171

Akbar était plus silencieuse que de coutume. Sur la place centrale, les gens discutaient à voix basse – comme s'ils redoutaient que le vent ne transportât leurs propos jusqu'au campement assyrien. Les plus vieux affirmaient qu'il n'arriverait rien, les jeunes étaient excités par l'éventualité de la lutte, les marchands et les artisans projetaient d'aller à Tyr et à Sidon en attendant que les choses se calment.

« Pour eux il est facile de partir, pensa-t-il. Les marchands peuvent transporter leurs biens dans n'importe quelle partie du monde. Les artisans peuvent travailler même là où l'on parle une langue étrangère. Mais moi, il me faut la permission du Seigneur. »

*

Ils arrivèrent au puits et remplirent deux jarres d'eau. En général, cet endroit était plein de monde ; les femmes se réunissaient pour laver, teindre les étoffes et épiloguaient sur tout ce qui se passait dans la cité. Aucun secret n'existait plus quand il parvenait près du puits ; les nouvelles concernant le commerce, les trahisons familiales, les problèmes de voisinage, la vie intime des gouvernants, tous les sujets – sérieux ou superficiels – y étaient débattus, commentés, critiqués ou applaudis. Même durant les mois où la force ennemie n'avait cessé de croître, Jézabel – la princesse qui avait conquis le roi d'Israël – restait le sujet préféré. Les femmes faisaient l'éloge de son audace, de sa bravoure, certaines que, si un malheur arrivait à la cité, elle reviendrait dans son pays pour les venger.

Mais, ce matin-là, il n'y avait presque personne. Les rares femmes présentes disaient qu'il fallait aller chercher à la campagne le plus de céréales possible parce que les Assyriens allaient bientôt fermer les portes de la cité. Deux d'entre elles projetaient de se rendre jusqu'à la Cinquième Montagne pour offrir un sacrifice aux dieux – elles ne voulaient pas que leurs fils meurent au combat.

« Le prêtre a dit que nous pouvions résister plusieurs mois, expliqua l'une d'elles à Élie. Il suffit que nous ayons le courage nécessaire pour défendre l'honneur d'Akbar, et les dieux nous aideront. »

L'enfant était effrayé.

« L'ennemi va attaquer ? » demanda-t-il.

Élie ne répondit pas ; cela dépendait du choix que l'ange lui avait proposé la nuit précédente.

« J'ai peur, insista le gamin.

– Cela prouve que tu aimes la vie. C'est normal d'avoir peur, aux bons moments. »

173

Élie et l'enfant revinrent à la maison avant la fin de la matinée. La femme avait disposé autour d'elle de petits récipients, contenant des encres de différentes couleurs.

« Je dois travailler, dit-elle en regardant les lettres et les phrases inachevées. À cause de la sécheresse, la cité est envahie par la poussière. Les pinceaux sont toujours sales, et l'encre impure, et tout est plus difficile. »

Élie demeura silencieux : il ne voulait pas lui faire partager ses préoccupations. Il s'assit dans un coin de la salle et resta absorbé dans ses pensées. L'enfant sortit jouer avec ses amis.

« Il a besoin de silence », songea la femme, et elle s'efforça de se concentrer sur son travail.

Elle passa le reste de la matinée à achever quelques mots qui auraient pu être écrits en deux fois moins de temps, et elle se sentit coupable de ne pas faire ce que l'on attendait d'elle ; en fin de compte, pour la première fois de sa vie, elle avait la chance de subvenir aux besoins de sa famille.

Elle se remit au travail ; elle utilisait du papyrus, un matériau qu'un marchand venu d'Égypte lui avait récemment apporté – lui demandant de noter quelques messages commerciaux qu'il

174

devait expédier à Damas. La feuille n'était pas de la meilleure qualité et l'encre débordait sans cesse. « Malgré toutes ces difficultés, c'est mieux que de dessiner sur l'argile. »

Les pays voisins avaient coutume d'envoyer leurs messages sur des plaques d'argile ou sur du parchemin. L'Égypte était peut-être un pays décadent, et son écriture dépassée, mais au moins y avait-on découvert un moyen pratique et léger d'enregistrer le commerce et l'Histoire : on découpait en plusieurs épaisseurs la tige d'une plante qui poussait sur les rives du Nil, et, selon un processus simple, on collait ces couches l'une à côté de l'autre pour former une feuille jaunâtre. Akbar devait importer le papyrus car il était impossible de le cultiver dans la vallée. Même s'il coûtait cher, les marchands le préféraient car ils pouvaient transporter les feuilles écrites dans leur sac – ce qui se révélait impossible avec les tablettes d'argile et les parchemins.

« Tout devient plus simple », pensa-t-elle. Dommage qu'il fallût l'autorisation du gouvernement pour employer l'alphabet de Byblos sur le papyrus. Une loi dépassée soumettait encore les textes écrits au contrôle du Conseil d'Akbar.

Son travail terminé, elle le montra à Élie, qui avait passé tout ce temps à la regarder faire, sans le moindre commentaire.

« Que penses-tu du résultat ? » demanda-t-elle.

Il parut sortir d'une transe.

« Oui, c'est joli », répondit-il sans prêter attention à ce qu'elle disait.

Il devait converser avec le Seigneur. Et elle ne voulait pas l'interrompre. Elle sortit et alla chercher le prêtre.

*

À son retour, Élie était toujours assis au même endroit. Les deux hommes se dévisagèrent. Tous deux restèrent silencieux pendant un long moment. Ce fut le prêtre qui rompit le silence.

« Tu es un prophète, et tu parles avec les anges. Je ne fais qu'interpréter les lois anciennes, exécuter des rituels, et tenter de protéger mon peuple des erreurs qu'il commet. C'est pourquoi je sais que ce combat n'oppose pas des hommes. C'est une bataille des dieux, et je ne dois pas l'empêcher.

— J'admire ta foi, même si tu adores des dieux qui n'existent pas, répondit Élie. Si la situation présente est, comme tu l'affirmes, digne d'une bataille céleste, le Seigneur fera de moi Son instrument pour détruire Baal et ses compagnons de la Cinquième Montagne. Il aurait mieux valu que tu ordonnes mon assassinat.

« – J'y ai songé. Mais ce n'était pas nécessaire ; au moment opportun, les dieux m'ont été favorables. »

Élie ne répliqua pas. Le prêtre se retourna et prit le papyrus sur lequel la femme venait d'écrire un texte.

« C'est du bon travail », commenta-t-il. Après l'avoir lu soigneusement, il retira sa bague de son doigt, la trempa dans l'encre et appliqua son sceau dans le coin gauche. Quiconque se faisait prendre avec un papyrus dépourvu du sceau du prêtre pouvait être condamné à mort.

« Pourquoi devez-vous toujours faire cela ? demanda-t-elle.

– Parce que ces papyrus colportent des idées, répondit-il. Et les idées ont un pouvoir.

– Ce ne sont que des transactions commerciales.

– Mais ce pourrait être des plans de bataille. Ou un rapport sur nos richesses. Ou nos prières secrètes. De nos jours, au moyen des lettres et des papyrus, on peut sans peine voler l'inspiration d'un peuple. Il est plus difficile de cacher des tablettes d'argile ou des parchemins ; mais la combinaison du papyrus et de l'alphabet de Byblos peut mettre fin à la culture de chaque pays et détruire le monde. »

Une femme entra.

« Prêtre ! Prêtre ! Viens voir ce qui se passe ! »

Élie et la veuve le suivirent. Des gens affluaient de toutes les directions au même endroit ; la poussière qu'ils soulevaient rendait l'air pratiquement irrespirable. Les enfants couraient en tête, riant et faisant du vacarme. Les adultes avançaient lentement, en silence.

Quand ils atteignirent la porte Sud de la cité, une petite foule s'y trouvait déjà réunie. Le prêtre se fraya un chemin et s'enquit du motif de toute cette confusion.

Une sentinelle d'Akbar se tenait à genoux, les bras écartés, les mains clouées sur un morceau de bois placé en travers de ses épaules. Ses vêtements étaient déchirés et un morceau de bois lui avait crevé l'œil gauche.

Sur sa poitrine, quelques caractères assyriens avaient été tracés avec la lame d'un poignard. Le prêtre comprenait l'égyptien mais la langue assyrienne n'était pas encore assez répandue pour être enseignée et sue par cœur ; il dut faire appel à un commerçant qui assistait à la scène.

« *Nous déclarons la guerre,* voilà ce qui est écrit », traduisit l'homme.

Les gens tout autour n'avaient dit mot. Élie pouvait lire la panique sur leurs visages.

« Donne-moi ton épée », dit le prêtre à un soldat.

Le soldat obéit. Le prêtre demanda qu'on avertît le gouverneur et le commandant de ce qui était arrivé. Puis, d'un geste rapide, il enfila la lame dans le cœur de la sentinelle agenouillée.

L'homme poussa un gémissement et tomba à terre, mort, libéré de la douleur et de la honte de s'être laissé capturer.

« Demain je me rendrai sur la Cinquième Montagne pour offrir des sacrifices, dit-il au peuple effrayé. Et les dieux de nouveau se souviendront de nous. »

Avant de partir, il se tourna vers Élie :

« Tu le vois de tes propres yeux : les cieux continuent de nous venir en aide.

– Une seule question, dit Élie. Pourquoi veux-tu voir sacrifier ton peuple ?

– Parce qu'il faut en passer par là pour tuer une idée. »

Lorsqu'il l'avait entendu converser avec la femme ce matin-là, Élie avait déjà compris de quelle idée il s'agissait : l'alphabet.

« Il est trop tard. Il est déjà répandu de par le monde, et les Assyriens ne peuvent pas conquérir la terre entière.

– Qui t'a dit cela ? En fin de compte, les dieux de la Cinquième Montagne sont du côté de leurs armées. »

179

*

Pendant des heures, il marcha dans la vallée, comme il l'avait fait l'après-midi précédent. Il savait qu'il y aurait encore au moins une soirée et une nuit de paix : on ne fait pas la guerre dans l'obscurité, car les guerriers ne peuvent y distinguer l'ennemi. Cette nuit-là, le Seigneur lui laissait une chance de changer le destin de la cité qui l'avait accueilli.

« Salomon saurait quoi faire maintenant, expliqua-t-il à son ange. Et David, et Moïse, et Isaac. Ils étaient des hommes de confiance du Seigneur, mais moi, je ne suis qu'un serviteur indécis. Le Seigneur me donne un choix qui aurait dû être le Sien.

— L'histoire de nos ancêtres abonde apparemment en hommes qui étaient la bonne personne au bon endroit, répliqua l'ange. Ne crois pas cela : le Seigneur n'exige de chacun que ce qui est du domaine de ses possibilités.

— Alors, Il s'est trompé avec moi.

— Tous les malheurs ont une fin. Ainsi en est-il aussi des gloires et des tragédies du monde.

— Je ne l'oublierai pas, dit Élie. Mais, quand elles se retirent, les tragédies laissent des marques éternelles, et les gloires laissent de vains souvenirs. »

L'ange ne répondit pas.

« Pourquoi, pendant tout le temps que j'ai passé à Akbar, ai-je été incapable de trouver des alliés pour lutter en faveur de la paix ? Quelle importance a un prophète solitaire ?

– Quelle importance a le soleil qui poursuit sa course dans le ciel ? Quelle importance a une montagne qui surgit au milieu d'une vallée ? Quelle importance a un puits isolé ? Ce sont pourtant eux qui indiquent le chemin que doit suivre la caravane.

– Mon cœur suffoque de tristesse, dit Élie en s'agenouillant et en tendant les bras vers le ciel. Si seulement je pouvais mourir ici et ne jamais avoir les mains tachées du sang de mon peuple, ou d'un peuple étranger. Regarde là-derrière : que vois-tu ?

– Tu sais bien que je suis aveugle, dit l'ange. Mes yeux gardent encore la lumière de la gloire du Seigneur, et je ne peux rien voir d'autre. Tout ce que je perçois, c'est ce que ton cœur me raconte. Tout ce que je peux entrevoir, ce sont les vibrations des dangers qui te menacent. Je ne peux pas savoir ce qui se trouve derrière toi.

– Eh bien, je vais te le dire : il y a Akbar. À cette heure, le soleil de l'après-midi illuminant son profil, elle est belle. Je me suis habitué à ses rues et à ses murailles, à son peuple généreux et

181

accueillant. Même si les habitants de la cité sont encore prisonniers du commerce et des super-stitions, ils ont le cœur aussi pur que celui de n'importe quelle autre nation du monde. J'ai appris grâce à eux beaucoup de choses que j'igno-rais ; en échange, j'ai écouté leurs plaintes et, ins-piré par Dieu, j'ai réussi à résoudre leurs conflits internes. Souvent j'ai été en danger, et toujours quelqu'un m'a aidé. Pourquoi dois-je choisir entre sauver cette cité ou racheter mon peuple ?

– Parce qu'un homme doit choisir, répondit l'ange. En cela réside sa force : le pouvoir de ses décisions.

– C'est un choix difficile : il exige d'accepter la mort d'un peuple pour en sauver un autre.

– Il est encore plus difficile de définir sa propre voie. Celui qui ne fait pas de choix meurt aux yeux du Seigneur, même s'il continue à respirer et à marcher dans les rues. En outre, personne ne meurt. L'Éternité accueille toutes les âmes et chacune poursuivra sa tâche. Il y a une raison pour tout ce qui se trouve sous le soleil. »

Élie leva de nouveau les bras vers les cieux :

« Mon peuple s'est éloigné du Seigneur à cause de la beauté d'une femme. La Phénicie peut être détruite parce qu'un prêtre pense que l'écriture constitue une menace pour les dieux. Pourquoi Celui qui a créé le monde préfère-t-Il se servir de la tragédie pour écrire le livre du destin ? »

182

Les cris d'Élie résonnèrent dans la vallée et l'écho revint à ses oreilles.

« Tu ne sais pas ce que tu dis, rétorqua l'ange. Il n'y a pas de tragédie, il y a seulement l'inévitable. Tout a sa raison d'être : c'est à toi de savoir distinguer ce qui est passager de ce qui est définitif.

— Qu'est-ce qui est passager ? demanda Élie.

— L'inévitable.

— Et qu'est-ce qui est définitif ?

— Les leçons de l'inévitable. »

Sur ces mots, l'ange s'éloigna.

Cette nuit-là, au cours du dîner, Élie dit à la femme et à l'enfant :

« Préparez vos affaires. Nous pouvons partir à tout moment.

— Voilà deux jours que tu ne dors pas, remarqua la femme. Un émissaire du gouverneur est venu cet après-midi ; il demandait que tu te rendes au palais. J'ai dit que tu étais parti dans la vallée et que tu y dormirais.

— Tu as bien fait », répliqua-t-il. Puis il gagna directement sa chambre et sombra dans un profond sommeil.

IL FUT RÉVEILLÉ LE LENDEMAIN MATIN PAR LE SON d'instruments de musique. Quand il descendit voir ce qui se passait, l'enfant était déjà sur le seuil.

« Regarde ! disait-il, les yeux brillants d'excitation. C'est la guerre ! »

Un bataillon de soldats, imposants avec leurs uniformes de guerre et leur armement, se dirigeait vers la porte Sud d'Akbar. Un groupe de musiciens les suivait, marquant le pas au rythme des tambours.

« Hier tu avais peur, dit Élie au gamin.

– Je ne savais pas que nous avions tant de soldats. Nos guerriers sont les meilleurs ! »

Élie quitta l'enfant et sortit dans la rue ; il lui fallait à tout prix rencontrer le gouverneur. Les habitants de la cité, réveillés au son des hymnes de guerre, étaient hypnotisés ; pour la première fois de leur vie, ils assistaient au défilé d'un bataillon organisé, en uniforme militaire, lances et boucliers reflétant les premiers rayons du soleil. Le commandant avait réussi un tour de force ; il avait préparé son armée à l'insu de tous, et maintenant – Élie le redoutait – il pouvait laisser croire que la victoire sur les Assyriens était possible.

Il se fraya un chemin parmi les soldats et parvint jusqu'au devant de la colonne. Là, montés sur leurs chevaux, le commandant et le gouverneur ouvraient la marche.

« Nous avons passé un accord, lança Élie tout en courant à côté du gouverneur. Je peux faire un miracle ! »

Le gouverneur ne lui répondit pas. La garnison franchit les remparts de la cité et sortit en direction de la vallée.

« Tu sais que cette armée est une chimère, insista-t-il. Les Assyriens sont cinq fois plus nombreux, et ils ont l'expérience de la guerre ! Ne laisse pas détruire Akbar !

– Qu'attends-tu de moi ? demanda le gouverneur, sans arrêter sa monture. Hier soir, j'ai envoyé un émissaire te chercher pour que nous discutions, et on m'a fait dire que tu étais absent de la cité. Que pouvais-je faire de plus ?

– Affronter les Assyriens en terrain ouvert est un suicide ! Vous le savez bien ! »

Le commandant écoutait la conversation sans faire le moindre commentaire. Il avait déjà discuté de sa stratégie avec le gouverneur ; le prophète israélite serait surpris.

Élie courait à côté des chevaux, sans savoir exactement ce qu'il devait faire. La colonne de soldats s'éloignait de la cité et se dirigeait vers le centre de la vallée.

« Aide-moi, Seigneur, pensait-il. De même que tu as caché le soleil pour aider Josué au combat, arrête le temps et fais que je réussisse à persuader le gouverneur de son erreur. »

À peine avait-il eu cette pensée que le commandant cria : « Halte ! »

« C'est peut-être un signal, se dit Élie. Je dois en profiter. »

Les soldats formèrent deux lignes, semblables à des murs d'hommes, les boucliers prenant solidement appui sur le sol et les armes pointées en avant.

« Tu crois voir les guerriers d'Akbar, dit le gouverneur à Élie.

— Je vois des jeunes gens qui rient devant la mort.

— Mais sache qu'ici il n'y a qu'un seul bataillon. La plupart de nos hommes sont restés dans la cité, en haut des murailles. Nous avons disposé des chaudrons d'huile bouillante prêts à être versés sur la tête de quiconque tenterait de les escalader. Nous avons réparti des réserves dans différentes maisons pour éviter que des flèches incendiaires ne détruisent nos provisions. Selon les calculs du commandant, nous pouvons résister presque deux mois au siège de la cité. Pendant que les Assyriens se préparaient, nous faisions la même chose.

– On ne m'a jamais raconté cela, dit Élie.

– Rappelle-toi : même si tu as aidé le peuple d'Akbar, tu restes un étranger, et certains militaires pouvaient te prendre pour un espion.

– Mais toi, tu désires la paix !

– La paix reste possible, même après le commencement d'un combat. Seulement, nous négocierons en position d'égalité. »

Le gouverneur raconta que des messagers avaient été envoyés à Tyr et à Sidon pour rendre compte de la gravité de la situation. Il lui en coûtait de réclamer du secours : on pouvait le croire incapable de maîtriser la situation. Mais il était parvenu à la conclusion que c'était la seule solution.

Le commandant avait mis au point un plan ingénieux ; dès que le combat s'engagerait, il retournerait dans la cité pour organiser la résistance. De son côté, la troupe qui se trouvait maintenant sur le terrain devait tuer le plus d'ennemis possible, puis se retirer dans les montagnes. Les soldats connaissaient cette vallée mieux que personne et ils pouvaient attaquer les Assyriens par de petites escarmouches, diminuant ainsi la pression du siège.

Les secours arriveraient rapidement, et l'armée assyrienne serait écrasée.

« Nous pouvons résister soixante jours, mais ce ne sera pas nécessaire, dit le gouverneur à Élie.

— Mais il y aura beaucoup de morts.

— Nous sommes tous en présence de la mort. Et personne n'a peur, pas même moi. »

Le gouverneur était étonné de son propre courage. Il ne s'était jamais trouvé à la veille d'une bataille et, à mesure que le combat approchait, il avait dressé des plans pour fuir la cité. Ce matin-là, il avait combiné avec les plus fidèles de ses hommes la meilleure manière de battre en retraite. Il ne pourrait pas aller à Tyr ou à Sidon, parce qu'il serait considéré comme un traître, mais Jézabel l'accueillerait puisqu'elle avait besoin d'hommes de confiance à ses côtés.

Cependant, en foulant le champ de bataille, il percevait dans les yeux des soldats une joie immense – comme s'ils s'étaient entraînés leur vie entière pour un objectif et qu'enfin ce grand moment était arrivé.

« La peur existe jusqu'au moment où survient

l'inévitable, dit-il à Élie. Après, nous ne devons plus perdre notre énergie à cause d'elle. »

Élie était troublé. Il ressentait la même chose, bien qu'il eût honte de le reconnaître ; il se souvint de l'excitation de l'enfant au passage de la troupe.

« Va-t'en, ordonna le gouverneur. Tu es un étranger, désarmé, et tu n'as pas besoin de combattre pour une idée à laquelle tu ne crois pas. »

Élie demeura immobile.

« Ils vont venir, insista le commandant. Tu n'en reviens pas, mais nous sommes prêts. »

Mais Élie resta là.

Ils regardèrent l'horizon ; pas la moindre poussière, l'armée assyrienne ne bougeait pas.

Les soldats du premier rang tenaient fermement leurs lances pointées en avant ; les archers avaient déjà tendu la corde de leurs arcs pour décocher leurs flèches dès que le commandant en donnerait l'ordre. Des hommes qui s'entraînaient fendaient l'air de leurs épées, pour garder leurs muscles échauffés.

« Tout est prêt, répéta le commandant. Ils vont attaquer. »

Élie nota l'euphorie dans sa voix. Il était sans doute impatient que la bataille commençât ; il voulait lutter et montrer sa bravoure. Assurément, il imaginait les guerriers assyriens, les coups d'épée, les cris et la confusion, il se figurait que les prêtres phéniciens le citeraient en exemple pour son efficacité et son courage.

Le gouverneur interrompit ses pensées :

« Ils ne bougent pas. »

Élie se rappela ce qu'il avait demandé au Seigneur : que le soleil s'arrêtât dans les cieux, comme il l'avait fait pour Josué. Il tenta de converser avec son ange, mais il n'entendit pas sa voix.

Peu à peu, les lanciers baissèrent leurs armes, les archers relâchèrent la tension de leurs arcs, les hommes remirent leurs épées au fourreau. Ce fut le soleil brûlant de midi, et des guerriers s'évanouirent sous l'effet de la chaleur ; pourtant, le détachement se tint prêt jusqu'à la fin de l'après-midi.

Quand le soleil se cacha, les guerriers retournèrent à Akbar. Ils semblaient désappointés d'avoir survécu un jour de plus.

Seul Élie resta au cœur de la vallée. Il marcha sans but quelque temps ; soudain il vit la lumière. L'ange du Seigneur apparut devant lui.

« Dieu a entendu tes prières. Et Il a vu le tourment de ton âme. »

Élie se tourna vers les cieux et remercia des bénédictions.

190

« Le Seigneur est la source de la gloire et du pouvoir. Il a retenu l'armée assyrienne.

– Non, répliqua l'ange. Tu as dit que le choix devait être le Sien. Et Il a fait le choix pour toi. »

« Partons, dit-il à la femme et à son fils.

— Je ne veux pas m'en aller, répliqua l'enfant. Je suis fier des soldats d'Akbar. »

Sa mère l'obligea à rassembler ses affaires : « Emporte seulement ce que tu peux porter.

— Tu oublies, ma mère, que nous sommes pauvres et que je n'ai pas grand-chose. »

Élie monta à sa chambre. Il en fit le tour du regard, comme si c'était la première et la dernière fois qu'il la voyait ; puis il redescendit et observa la veuve qui rangeait ses encres.

« Merci de m'emmener avec toi, dit-elle. Quand je me suis mariée, j'avais à peine quinze ans, et je ne savais rien de la vie. Nos familles avaient tout arrangé, j'avais été élevée dès l'enfance pour ce moment et soigneusement préparée à assister mon mari en toute circonstance.

— Tu l'aimais ?

– J'ai éduqué mon cœur pour cela. Puisque je n'avais pas le choix, je me suis convaincue que c'était la meilleure voie. Quand j'ai perdu mon mari, je me suis habituée aux jours et aux nuits identiques, et j'ai demandé aux dieux de la Cinquième Montagne – à cette époque je croyais encore en eux – de m'emporter lorsque mon fils serait en âge de vivre seul.

« C'est alors que tu es venu. Je te l'ai déjà dit, et je le répète : à partir de ce jour-là, j'ai découvert la beauté de la vallée, la sombre silhouette des montagnes se projetant sur le ciel, la lune qui change de forme pour que le blé puisse pousser. Souvent, la nuit, pendant que tu dormais, je me promenais dans Akbar, j'écoutais les pleurs des nouveau-nés, les chansons des hommes qui avaient bu après le travail, les pas fermes des sentinelles en haut de la muraille. Combien de fois avais-je vu ce paysage sans remarquer comme il était beau ? Combien de fois avais-je regardé le ciel sans voir sa profondeur ? Combien de fois avais-je entendu les bruits d'Akbar autour de moi sans comprendre qu'ils faisaient partie de ma vie ? J'ai retrouvé une immense envie de vivre. Tu m'as conseillé d'étudier les caractères de Byblos, et je l'ai fait. Je pensais seulement te faire plaisir mais je me suis enthousiasmée pour ce que je faisais et j'ai découvert ceci : *le sens de ma vie était celui que je voulais lui donner.* »

Élie lui caressa les cheveux. C'était la première fois.

« Pourquoi n'as-tu pas toujours été ainsi ? demanda-t-elle.

— Parce que j'avais peur. Mais aujourd'hui, en attendant la bataille, j'ai entendu les paroles du gouverneur et j'ai pensé à toi. La peur va jusqu'où commence l'inévitable ; dès lors, elle n'a plus de sens. Et il ne nous reste que l'espoir de prendre la bonne décision.

— Je suis prête, dit-elle.

— Nous retournerons en Israël. Le Seigneur m'a indiqué ce que je dois faire, et je le ferai. Jézabel sera écartée du pouvoir. »

Elle resta silencieuse. Comme toutes les femmes de Phénicie, elle était fière de sa princesse. Quand ils arriveraient à destination, elle tenterait de le convaincre de changer d'avis.

« Ce sera un long voyage et nous n'aurons pas de repos jusqu'à ce que j'aie fait ce qu'Il m'a demandé, dit Élie, comme s'il devinait sa pensée. Cependant, ton amour sera mon soutien, et aux moments où je serai fatigué des batailles en Son nom, je pourrai me reposer entre tes bras. »

L'enfant s'approcha, un petit sac sur l'épaule. Élie le prit et dit à la femme :

« L'heure est venue. Quand tu traverseras les rues d'Akbar, grave en toi le souvenir de chaque

194

maison, de chaque bruit. Parce que tu ne la rever-
ras jamais.

– Je suis née à Akbar, dit-elle. Et la cité restera
toujours dans mon cœur. »

L'enfant entendit, et il se promit que jamais il
n'oublierait les paroles de sa mère. Si un jour il
pouvait revenir, il verrait la cité comme s'il voyait
son visage.

Il faisait nuit lorsque le prêtre arriva au pied de la Cinquième Montagne. Il tenait dans la main droite un bâton et portait un sac dans la gauche.

Il sortit du sac l'huile sacrée et s'en frotta le front et les poignets. Puis, avec le bâton, il dessina sur le sable le taureau et la panthère, symboles du dieu de la Tempête et de la Grande Déesse. Il récita les prières rituelles; enfin il leva ses bras écartés vers le ciel pour recevoir la révélation divine.

Les dieux se taisaient. Ils avaient dit tout ce qu'ils avaient à dire et maintenant ils n'exigeaient plus que l'accomplissement des rituels. Les prophètes avaient disparu partout dans le monde – sauf en Israël, un pays arriéré, superstitieux, où l'on croyait encore que les hommes peuvent communiquer avec les créateurs de l'Univers.

Il se rappela que, deux générations auparavant, Tyr et Sidon avaient fait du négoce avec un roi de Jérusalem appelé Salomon. Il faisait construire un grand temple et voulait l'orner de ce que le monde offrait de meilleur ; aussi avait-il fait acheter des cèdres de la Phénicie, qu'on appelait Liban. Le roi de Tyr avait fourni le matériau nécessaire et reçu en échange vingt cités de Galilée, mais celles-ci ne lui avaient pas plu. Salomon, alors, l'avait aidé à construire ses premiers navires, et désormais la Phénicie possédait la plus grande flotte commerciale du monde.

À cette époque, Israël était encore une grande nation – bien qu'elle rendît un culte à un dieu unique, dont on ne connaissait même pas le nom et qu'on appelait seulement le « Seigneur ». Une princesse de Sidon avait réussi à faire revenir Salomon à la foi authentique, et il avait édifié un autel aux dieux de la Cinquième Montagne. Les Israélites persistaient à affirmer que le « Seigneur » avait puni le plus sage de leurs rois en faisant en sorte que les guerres l'éloignent du pouvoir.

Mais Jéroboam, qui régna après lui, poursuivit le culte que Salomon avait initié. Il fit faire deux veaux d'or que le peuple d'Israël adorait. C'est alors que les prophètes entrèrent en scène et entreprirent une lutte sans trêve contre le souverain.

Jézabel avait raison : la seule manière de maintenir vivante la foi authentique était de tuer les prophètes. Cette femme douce, élevée dans la tolérance et l'horreur de la guerre, savait qu'il y a un moment où la violence est la seule issue. Le sang qui lui salissait maintenant les mains serait pardonné par les dieux qu'elle servait.

« Bientôt, moi aussi j'aurai du sang sur les mains, dit le prêtre à la montagne silencieuse devant lui. De même que les prophètes sont la malédiction d'Israël, l'écriture est la malédiction de la Phénicie. Elle peut comme eux causer un mal irrémédiable et il faut les arrêter tant que c'est encore possible. Le dieu du Temps ne peut pas nous abandonner maintenant. »

Il était inquiet de ce qui s'était produit le matin ; l'armée ennemie n'avait pas attaqué. Par le passé, le dieu du Temps s'était déjà détourné de la Phénicie, irrité contre ses habitants. En conséquence, le feu des lampes s'était éteint, les brebis et les vaches avaient délaissé leurs petits, le blé et l'orge étaient restés verts. Le dieu Soleil avait envoyé à sa recherche des personnages importants – l'aigle et le dieu de la Tempête – mais en vain. Finalement, la Grande Déesse dépêcha une abeille, qui le découvrit endormi dans un bois et le piqua. Il se réveilla, furieux, et se mit à tout détruire autour de lui. Il fallut s'en emparer et extraire de son âme la haine qui s'y trouvait, puis tout redevint normal.

S'il décidait de se retirer de nouveau, la bataille n'aurait pas lieu. Les Assyriens resteraient à tout jamais à l'entrée de la vallée, et Akbar continuerait d'exister.

« Le courage est la peur qui fait ses prières, dit-il. C'est pour cela que je suis ici ; parce que je ne peux pas fléchir au moment du combat. Je dois montrer aux guerriers d'Akbar qu'il y a une raison de défendre la cité. Ce n'est pas le puits, ce n'est pas le marché, ce n'est pas le palais du gouverneur. Nous allons affronter l'armée assyrienne parce que nous devons donner l'exemple. »

La victoire des Assyriens mettrait fin à tout jamais à la menace de l'alphabet. Les conquérants imposeraient leur langue et leurs coutumes, tout en continuant d'adorer les mêmes dieux sur la Cinquième Montagne ; voilà ce qui importait.

« Plus tard, nos navigateurs emporteront dans d'autres pays les exploits de nos guerriers. Les prêtres se rappelleront leurs noms et le jour où Akbar tenta de résister à l'invasion assyrienne. Les peintres dessineront des caractères égyptiens sur les papyrus, les écrits de Byblos seront morts. Les textes sacrés resteront au seul pouvoir de ceux qui sont nés pour les apprendre. Alors, les générations futures tenteront d'imiter ce que nous avons fait et nous construirons un monde meilleur.

« Mais aujourd'hui, poursuivit-il, nous devons perdre cette bataille. Nous lutterons avec bravoure, mais nous sommes en situation d'infériorité ; et nous mourrons glorieusement. »

À ce moment le prêtre écouta la nuit et comprit qu'il avait raison. Ce silence précédait l'instant d'un combat décisif, mais les habitants d'Akbar l'interprétaient de manière erronée ; ils avaient abaissé leurs lances et se divertissaient au lieu de monter la garde. Ils ne prêtaient pas attention à l'exemple de la nature : les animaux sont silencieux à l'approche du danger.

« Que s'accomplissent les desseins des dieux. Que les cieux ne tombent pas sur la terre, car nous avons fait tout ce qu'il fallait et nous avons obéi à la tradition », ajouta-t-il.

ÉLIE, LA FEMME ET L'ENFANT MARCHAIENT SUR LE chemin qui menait vers Israël; il n'était pas nécessaire de passer par le campement assyrien, situé au sud. La pleine lune facilitait leur progression mais, en même temps, elle projetait des ombres étranges et des formes sinistres sur les rochers et les chemins pierreux de la vallée.

Du fond de l'obscurité surgit l'ange du Seigneur. Il tenait une épée de feu dans la main droite.

« Où vas-tu ? demanda-t-il.

– En Israël, répondit Élie.

– Le Seigneur t'a appelé ?

– Je connais déjà le miracle que Dieu attend de moi. Et maintenant je sais où je dois le réaliser.

– Le Seigneur t'a appelé ? » répéta l'ange.

Élie resta silencieux.

« Le Seigneur t'a appelé ? reprit l'ange pour la troisième fois.

– Non.

– Alors retourne d'où tu viens, car tu n'as pas encore accompli ton destin. Le Seigneur ne t'a pas encore appelé.

– Laisse-les au moins partir, ils n'ont rien à faire ici », implora Élie.

Mais l'ange n'était déjà plus là. Élie jeta par terre le sac qu'il portait. Il s'assit au milieu de la route et pleura amèrement.

« Que s'est-il passé ? demandèrent la femme et l'enfant, qui n'avaient rien vu.

– Nous allons retourner, dit-il. Ainsi le veut le Seigneur. »

*

Il ne réussit pas à dormir. Il se réveilla en pleine nuit et sentit une tension dans l'air autour de lui ; un vent méchant soufflait dans les rues, semant la peur et la méfiance.

« Dans l'amour d'une femme j'ai découvert l'amour pour toutes les créatures, priait-il en silence. J'ai besoin d'elle. Je sais que le Seigneur n'oubliera pas que je suis un de Ses instruments, peut-être le plus faible qu'Il ait choisi. Aide-moi, Seigneur, car je dois me reposer tranquille au milieu des batailles. »

Il se rappela le commentaire du gouverneur sur

l'inutilité de la peur. Malgré cela, il ne pouvait trouver le sommeil. « J'ai besoin d'énergie et de calme ; donne-moi le repos tant que c'est possible. »

Il songea à appeler son ange, pour converser un peu avec lui ; mais il risquait d'entendre des choses qu'il ne désirait pas et il changea d'avis. Pour se détendre, il descendit dans la salle ; les sacs que la femme avait préparés pour leur fuite n'étaient même pas défaits.

Il pensa aller jusqu'à la chambre de celle-ci. Il se rappela que le Seigneur avait dit à Moïse avant une bataille : « *L'homme qui aime une femme et ne l'a pas encore reçue, qu'il retourne chez elle, afin que, s'il meurt dans la lutte, ce ne soit pas un autre homme qui la reçoive.* »

Ils n'avaient pas encore cohabité. Mais la nuit avait été épuisante et ce n'était pas le moment.

Il décida de vider les sacs et de ranger chaque chose à sa place. Il découvrit qu'elle avait emporté avec elle, outre les quelques vêtements qu'elle possédait, les instruments dont elle se servait pour dessiner les caractères de Byblos.

Il prit un stylet, mouilla une tablette d'argile et commença à griffonner quelques lettres ; il avait appris à écrire en regardant la femme travailler.

« Que c'est simple et ingénieux ! » pensa-t-il, en essayant de distraire son esprit. Souvent, quand il allait au puits chercher de l'eau, il écoutait les commentaires des femmes : « Les Grecs ont volé notre plus importante invention. » Élie savait que ce n'était pas exact : l'adaptation qu'ils en avaient faite, en introduisant les voyelles, avait transformé l'alphabet en un instrument que les peuples de toutes les nations pourraient utiliser. De surcroît, ils avaient donné à leurs collections de parchemins le nom de *biblia,* en hommage à la cité où était née cette invention.

Les livres grecs étaient rédigés sur des peaux d'animaux. C'était un support bien fragile pour conserver les mots, pensait Élie ; le cuir était moins résistant que les tablettes d'argile, et facile à voler. Quant aux papyrus, ils s'abîmaient au bout d'un certain temps de manipulation, et pouvaient être détruits par l'eau. « Les parchemins et les papyrus sont périssables ; seules les tablettes d'argile sont destinées à durer toujours », songea-t-il.

Si Akbar survivait, il recommanderait au gouverneur de faire consigner l'histoire de son pays et de conserver les tablettes d'argile dans une salle spéciale, afin que les générations futures puissent les consulter. Si jamais les prêtres phéniciens – qui gardaient en mémoire l'histoire de leur peuple – venaient à disparaître un jour, les faits des guerriers et des poètes ne tomberaient pas dans l'oubli.

Il joua ainsi un moment, dessinant les mêmes lettres dans un ordre différent et formant des mots distincts. Il fut émerveillé du résultat. Cette occupation le détendit et il retourna se coucher.

*

Un grand fracas le réveilla peu après ; la porte de sa chambre fut projetée par terre.

« Ce n'est pas un rêve. Ce ne sont pas les armées du Seigneur au combat. »

Des ombres surgissaient de toute part, poussant des cris de déments dans une langue qu'il ne comprenait pas.

« Les Assyriens. »

D'autres portes tombaient, des murs étaient abattus sous de puissants coups de masse, les hurlements des envahisseurs se mêlaient aux appels au secours qui montaient de la place. Il tenta de se lever, mais une ombre le renversa à terre. Un bruit sourd secoua l'étage au-dessous.

« Le feu, pensa Élie. Ils ont mis le feu à la maison. »

« C'est toi ! s'exclama quelqu'un en phénicien. Tu es le chef ! Caché comme un lâche dans la maison d'une femme. »

Élie regarda le visage de celui qui venait de parler ; les flammes illuminaient la pièce, et il put

205

voir un homme avec une longue barbe, en uniforme militaire. Oui, les Assyriens étaient arrivés.

« Vous avez attaqué de nuit ? » demanda-t-il,
désorienté.

Mais l'homme ne répondit pas. Élie vit l'éclat
des épées sorties de leur fourreau et un guerrier le
blessa au bras droit.

Il ferma les yeux ; toute sa vie défila devant lui
en une fraction de seconde. Il retourna jouer dans
les rues de la cité où il était né, il se rendit pour la
première fois à Jérusalem, il sentit l'odeur du bois
coupé dans la charpenterie, il fut de nouveau
ébloui par l'étendue de la mer et les vêtements
que l'on portait dans les cités prospères de la côte.
Il se revit parcourant les vallées et les montagnes
de la Terre promise, il se rappela qu'il avait
connu Jézabel, elle semblait encore une petite fille
et elle enchantait tous ceux qui l'approchaient. Il
assista de nouveau au massacre des prophètes et
entendit la voix du Seigneur qui lui ordonnait de
se rendre au désert. Il revit les yeux de la femme
qui l'attendait à l'entrée de Sarepta – que ses
habitants appelaient Akbar – et comprit qu'il
l'avait aimée dès le premier instant. Il gravit
encore la Cinquième Montagne, ressuscita un
enfant et fut accueilli par le peuple comme un
sage et un juste. Il regarda le ciel où les constella-
tions se mouvaient rapidement, s'émerveilla de la

lune qui montrait ses quatre phases en même temps, sentit le froid, le chaud, l'automne et le printemps, éprouva encore une fois la pluie et l'éclair de la foudre. Les nuages prirent mille formes différentes et les eaux des rivières coulèrent pour la seconde fois dans le même lit. Il revécut le jour où il avait vu s'installer la première tente assyrienne, puis la deuxième, et d'autres encore, de plus en plus nombreuses, les anges qui allaient et venaient, l'épée de feu sur le chemin d'Israël, les nuits d'insomnie, les dessins sur les tablettes, et...

Il était revenu au présent. Il pensa à ce qui se passait à l'étage au-dessous, il fallait à tout prix sauver la veuve et son fils.

« Au feu ! dit-il aux soldats ennemis. La maison prend feu ! »

Il n'avait pas peur ; son seul souci était pour la veuve et son fils. Quelqu'un lui poussa la tête contre le sol, et il sentit le goût de la terre dans sa bouche. Il l'embrassa, lui dit combien il l'aimait et expliqua qu'il avait fait son possible pour empêcher cela. Il voulut se libérer de ses assaillants, mais quelqu'un lui maintenait un pied sur la poitrine.

« Elle a dû s'enfuir, pensa-t-il. Ils ne feraient pas de mal à une femme sans défense. »

Un calme profond envahit son cœur. Peut-être

le Seigneur s'était-Il rendu compte qu'il n'était pas l'homme de la situation et avait-Il découvert un autre prophète pour sauver Israël du péché. La mort était enfin venue, comme il l'espérait, par le martyre. Il accepta son destin et attendit le coup fatal.

Quelques secondes passèrent ; les guerriers continuaient à vociférer, le sang jaillissait de sa blessure, mais le coup mortel ne venait pas.

« Je vous en prie, tuez-moi vite ! » cria-t-il, convaincu qu'au moins l'un d'eux parlait sa langue.

Personne ne prêta attention à ses paroles. Ils discutaient vivement, comme si une erreur avait été commise. Des soldats se mirent à le frapper et, pour la première fois, Élie constata que l'instinct de survie revenait. Il en fut paniqué.

« Je ne peux pas désirer la vie plus longtemps, pensa-t-il, désespéré. Parce que je ne sortirai pas vivant de cette pièce. »

Mais rien ne se passait. Le monde paraissait s'éterniser dans cette confusion de cris, de bruits et de poussière. Le Seigneur avait peut-être agi comme Il l'avait fait avec Josué, arrêtant le temps en plein milieu du combat.

C'est alors qu'il entendit les cris de la femme en dessous. Dans un effort surhumain, il parvint à repousser un garde et à se lever, mais il fut aussi-

tôt rejeté à terre. Un soldat lui frappa la tête et il
s'évanouit.

*

Quelques minutes plus tard, il recouvra ses
esprits. Les Assyriens l'avaient traîné dans la rue.
Encore étourdi, il leva la tête : toutes les maisons du quartier étaient en flammes.

« Une femme innocente et sans défense est pri-
sonnière là-dedans ! Sauvez-la ! »

Cris, course, confusion de toutes parts. Il tenta
de se redresser mais on le renversa de nouveau.

« Seigneur, Tu peux faire ce que Tu veux de
moi, parce que j'ai consacré ma vie et ma mort à
Ta cause, pria Élie. Mais sauve celle qui m'a
accueilli ! »

Quelqu'un le tira par le bras.

« Viens voir, dit l'officier assyrien qui connaissait sa langue. Tu l'as bien mérité. »

Deux gardes le saisirent et le poussèrent vers la
porte. La maison était dévorée par les flammes et
le feu illuminait tout alentour. Des cris montaient
de tous côtés : un enfant en pleurs, des vieux
implorant pardon, des femmes désespérées qui
cherchaient leurs enfants. Mais il n'entendait que
les appels au secours de celle qui l'avait accueilli.

« Que se passe-t-il ? Il y a une femme et un

enfant là-dedans ! Pourquoi leur faites-vous cela ?

– Elle a tenté de cacher le gouverneur d'Akbar.

– Je ne suis pas le gouverneur d'Akbar ! Vous commettez une terrible erreur ! »

L'officier assyrien le poussa sur le seuil. Le toit s'était effondré dans l'incendie, et la femme était à demi ensevelie sous les ruines. Élie n'apercevait que son bras qui s'agitait désespérément. Elle appelait au secours, suppliant qu'on ne la laissât pas brûler vive.

« Pourquoi m'épargner et lui faire cela ? implora-t-il.

– Nous ne t'épargnons pas, nous voulons que tu souffres le plus possible. Notre général est mort lapidé et sans honneur, devant les murailles de la cité. Il venait chercher la vie et il a été condamné à mort. Tu vas connaître le même destin. »

Élie luttait désespérément pour se libérer. Les gardes l'emmenèrent. Ils parcoururent les rues d'Akbar dans une chaleur infernale – les soldats ruisselaient de sueur, et certains semblaient choqués par la scène qu'ils venaient de voir. Élie se débattait et implorait les cieux à grands cris, mais les Assyriens, comme le Seigneur, étaient muets.

Ils allèrent jusqu'au centre de la place. La plupart des édifices de la cité étaient en feu, et le grondement de l'incendie se mêlait aux cris des habitants d'Akbar.

« Heureusement, il y a la mort. »

Combien de fois avait-il pensé cela, depuis ce jour dans l'étable !

Des cadavres – des guerriers d'Akbar, pour la plupart sans uniforme – jonchaient le sol. Des gens couraient dans toutes les directions, ne sachant où ils allaient, ne sachant ce qu'ils cherchaient, poussés par la nécessité de faire semblant d'agir, et de lutter contre la mort et la destruction.

« Où courent-ils ainsi ? pensait-il. Ne voient-ils pas que la cité est aux mains de l'ennemi et qu'ils n'ont nulle part où fuir ? » Tout s'était passé très vite. Les Assyriens avaient profité de leur énorme avantage numérique, et ils avaient réussi à épargner le combat à leurs guerriers. Les soldats d'Akbar avaient été exterminés presque sans lutter.

Au centre de la place, on fit mettre Élie à genoux et on lui attacha les mains. Il n'entendait plus les cris de la femme; peut-être était-elle morte rapidement, sans connaître la lente torture d'être brûlée vive. Elle était dans les bras du Seigneur. Et elle tenait son fils contre elle.

Un autre groupe de soldats assyriens amenait un prisonnier dont le visage était défiguré par les coups. Élie reconnut pourtant le commandant.

« Vive Akbar ! criait-il. Longue vie à la Phénicie et à ses guerriers qui se battent contre l'ennemi durant le jour ! Mort aux lâches qui attaquent dans l'obscurité ! »

Le commandant eut à peine le temps de terminer sa phrase, l'épée d'un général assyrien s'abattit et sa tête roula à terre.

« Cette fois c'est mon tour, se dit Élie. Je la retrouverai au Paradis, et nous nous promènerons main dans la main. »

*

C'est alors qu'un homme s'approcha et se mit à discuter avec les officiers. C'était un habitant d'Akbar, un habitué des réunions sur la place. Élie se souvenait qu'il l'avait aidé à résoudre un grave problème avec un voisin.

Les Assyriens discutaient de plus en plus fort, et le montraient du doigt. L'homme s'agenouilla, baisa les pieds de l'un d'entre eux, tendit les mains en direction de la Cinquième Montagne et pleura comme un enfant. La fureur des Assyriens sembla diminuer.

La conversation paraissait interminable. L'homme implorait et ne cessait de pleurer, désignant Élie et la maison où vivait le gouverneur. Les soldats ne semblaient pas satisfaits.

Finalement, l'officier qui parlait sa langue s'approcha :

« Notre espion, dit-il en montrant l'homme, affirme que nous nous trompons. C'est lui qui nous a donné les plans de la cité, et nous pouvons lui faire confiance. Tu n'es pas celui que nous voulions tuer. »

Il poussa Élie du pied et ce dernier tomba à terre.

« Il prétend que tu vas partir en Israël pour renverser la princesse qui a usurpé le trône. C'est vrai ? »

Élie ne répondit pas.

« Dis-moi si c'est vrai, insista l'officier. Et tu pourras t'en aller et retourner chez toi, à temps pour sauver cette femme et son fils.

— Oui, c'est la vérité. »

Peut-être le Seigneur l'avait-Il entendu et l'aiderait-Il à les sauver.

« Nous pourrions t'emmener en captivité à Tyr et à Sidon, poursuivit l'officier. Mais nous avons encore beaucoup de batailles à mener, et tu serais un fardeau. Nous pourrions exiger une rançon, mais à qui ? Tu es un étranger, même dans ton pays. »

De son pied, l'officier lui écrasa le visage.

« Tu n'es d'aucune utilité. Tu ne sers ni aux ennemis, ni aux amis. Tu es comme ta cité ; ce n'est pas la peine de laisser une partie de notre armée ici, pour la maintenir sous notre domination. Quand nous aurons conquis la côte, Akbar sera à nous, de toute façon.

– J'ai une question, dit Élie. Une seule question. »

L'officier le regarda, méfiant.

« Pourquoi avez-vous attaqué de nuit ? Ne savez-vous pas que les guerres se font durant le jour ?

– Nous n'avons pas transgressé la loi. Aucune tradition ne l'interdit, répliqua l'officier. Et nous avons largement eu le temps de reconnaître le terrain. Vous vous souciez tellement de respecter les coutumes que vous avez oublié que les temps changent. »

Sans plus un mot, le groupe le laissa. L'espion s'approcha et lui détacha les mains.

« Je me suis promis qu'un jour je te rendrais ta générosité ; j'ai tenu parole. Quand les Assyriens sont entrés dans le palais, un serviteur les a informés que celui qu'ils cherchaient s'était réfugié dans la maison de la veuve. Le temps qu'ils aillent jusque-là, le véritable gouverneur avait réussi à s'enfuir. »

Élie ne l'écoutait pas. Le feu crépitait de toute part, et les cris s'élevaient toujours.

Au milieu de la confusion, on pouvait remarquer qu'un groupe maintenait la discipline ; obéissant à un ordre invisible, les Assyriens se retiraient en silence.

La bataille d'Akbar était terminée.

*

« Elle est morte, se dit-il. Je ne veux pas y retourner, elle est déjà morte. Ou bien un miracle l'a sauvée, et elle viendra me retrouver. »

Son cœur, cependant, lui commandait de se lever et d'aller jusqu'à la maison où ils habitaient. Élie luttait contre lui-même ; ce n'était pas seulement l'amour d'une femme qui était en jeu à ce moment-là, mais toute sa vie, sa foi dans les desseins du Seigneur, le départ de sa cité natale, l'idée qu'il avait une mission et qu'il était capable de l'accomplir.

Il regarda autour de lui, cherchant une épée pour mettre fin à ses jours, mais les Assyriens avaient emporté toutes les armes d'Akbar. Il pensa se jeter dans les flammes, mais il eut peur de la douleur.

Il resta quelques instants complètement figé. Peu à peu, il retrouva son discernement et put réfléchir à la situation dans laquelle il se trouvait. La femme et son fils avaient sans doute déjà quitté cette terre, mais il devait les enterrer selon la coutume. Œuvrer pour le Seigneur – qu'Il existât ou non – était son seul réconfort en ce moment. Une fois son devoir religieux accompli, il se laisserait aller à la souffrance et au doute.

En outre, il restait une possibilité qu'ils fussent encore en vie. Il ne pouvait pas rester là sans rien faire.

« Je ne veux pas les voir le visage brûlé, la peau détachée de la chair. Leurs âmes se promènent librement dans les cieux. »

Pourtant, il se dirigea vers la maison en suffoquant, aveuglé par la fumée qui l'empêchait de distinguer le chemin. Il put constater peu à peu la situation dans la cité. Bien que les ennemis se fussent déjà retirés, la panique augmentait d'une manière effrayante. Les gens continuaient à errer sans but, pleurant, réclamant aux dieux leurs morts.

Alors qu'il cherchait quelqu'un pour lui demander de l'aide, il ne vit qu'un homme à l'air égaré, en état de choc.

« Mieux vaut y aller directement et ne plus demander d'aide. » Il connaissait Akbar aussi bien que sa ville natale et il réussit à s'orienter, même s'il ne reconnaissait pas la plupart des lieux où il passait d'habitude. Les cris qu'il entendait étaient maintenant plus cohérents. Le peuple commençait à comprendre qu'une tragédie avait eu lieu et qu'il fallait réagir.

« Il y a un blessé ici !

– Nous avons encore besoin d'eau ! Nous n'allons pas pouvoir maîtriser le feu !

– Aidez-moi ! Mon mari est enfermé à l'intérieur ! »

Il atteignit l'endroit où, des mois plus tôt, il avait été reçu et hébergé comme un ami. Une vieille était assise au milieu de la rue, non loin de la maison, complètement nue. Élie voulut lui venir en aide, mais elle le repoussa :

« Elle est en train de mourir, s'écria la vieille. Fais quelque chose ! Ôte ce mur qui l'écrase ! »

Et elle se mit à pousser des cris hystériques. Élie l'attrapa par les bras et la repoussa, car ses hurlements l'empêchaient d'entendre les gémissements de la femme. Autour de lui tout n'était que désolation – toit et murs s'étant effondrés, il lui était difficile de savoir où exactement il l'avait aperçue pour la dernière fois. Les flammes avaient diminué mais la chaleur était encore insupportable ; il franchit les décombres qui couvraient le sol et gagna l'endroit où auparavant se trouvait la chambre de la femme.

Malgré la confusion au-dehors, il put distinguer un gémissement. C'était sa voix.

Instinctivement, il secoua la poussière de ses vêtements, comme pour arranger son apparence. Il resta silencieux, cherchant à se concentrer. Il entendait le crépitement du feu, les appels au secours de gens enterrés dans les maisons voisines – et il avait envie de leur dire de se taire, car il avait besoin de savoir où se trouvaient la femme et son fils. Très longtemps après, il entendit de nouveau du bruit ; quelqu'un grattait le bois qui se trouvait sous ses pieds.

Il s'agenouilla et commença à creuser comme un fou. Il retourna la terre, les pierres et le bois. Finalement, sa main toucha quelque chose de chaud : c'était du sang.

« Ne meurs pas, je t'en prie, supplia-t-il.

– Laisse les débris sur moi, dit la voix. Je ne veux pas que tu voies mon visage. Va secourir mon fils. »

Il continua à creuser, et la voix répéta :

« Va chercher le corps de mon fils. S'il te plaît, fais ce que je te demande. »

Élie laissa sa tête retomber sur sa poitrine et se mit à pleurer tout bas.

« J'ignore où il est enseveli. Je t'en prie, ne t'en va pas ; je voudrais tant que tu restes avec moi. J'ai besoin que tu m'apprennes à aimer, mon cœur est prêt.

– Avant ton arrivée, j'ai désiré la mort pendant des années. Elle a dû m'entendre et elle est venue me chercher. »

Elle poussa un gémissement. Élie se mordit les lèvres en silence. Quelqu'un lui toucha l'épaule.

Effrayé, il se retourna et vit le gamin. Il était couvert de poussière et de suie, mais il ne semblait pas blessé.

« Où est ma mère ? demanda-t-il.

— Je suis là, mon fils, répondit la voix de sous les ruines. Tu es blessé ? »

L'enfant se mit à pleurer. Élie le prit dans ses bras.

« Tu pleures, mon fils, reprit la voix, plus faiblement. Cesse de pleurer. Ta mère a mis si longtemps à comprendre que la vie a un sens ; j'espère avoir réussi à t'enseigner cela. Dans quel état est la cité où tu es né ? »

Élie et l'enfant étaient calmes, serrés l'un contre l'autre.

« Elle va bien, mentit Élie. Des guerriers sont morts, mais les Assyriens se sont retirés. Ils cherchaient le gouverneur pour venger la mort d'un de leurs généraux. »

De nouveau le silence. Et de nouveau la voix, de plus en plus faible.

« Dis-moi que ma cité est sauve. »

Élie devina qu'elle allait passer d'un instant à l'autre.

« La cité est intacte. Et ton fils va bien.

— Et toi ?

— J'ai survécu. »

Il savait que, par ses mots, il libérait son âme et lui permettait de mourir en paix.

219

« Dis à mon fils de se mettre à genoux, reprit la femme au bout d'un certain temps. Et je veux que tu me fasses un serment, au nom du Seigneur ton Dieu.

– Ce que tu voudras. Tout ce que tu voudras.

– Un jour, tu m'as dit que le Seigneur était partout, et je l'ai cru. Tu as dit que les âmes n'allaient pas en haut de la Cinquième Montagne, et je l'ai cru aussi. Mais tu ne m'as pas expliqué où elles allaient.

« Voici le serment que je te demande : vous n'allez pas me pleurer, et vous veillerez l'un sur l'autre – jusqu'à ce que le Seigneur permette à chacun de suivre sa route. À partir de maintenant, mon âme se mêle à tout ce que j'ai connu sur cette terre : je suis la vallée, les montagnes tout autour, la cité, les gens qui marchent dans ses rues. Je suis ses blessés et ses mendiants, ses soldats, ses prêtres, ses commerçants, ses nobles. Je suis le sol que tu foules, et le puits qui étanche la soif de tous. Ne pleurez pas pour moi, car vous n'avez pas de raison d'être tristes. Désormais, je suis Akbar, et la cité est belle. »

Vint le silence de la mort, et le vent cessa de souffler. Élie n'entendait pas les cris au-dehors, ni les flammes qui craquaient dans les maisons voisines ; il n'entendait que le silence, presque palpable tant il était intense.

Alors Élie éloigna l'enfant, déchira ses vêtements et, se tournant vers les cieux, il hurla à
pleins poumons :

« Seigneur mon Dieu ! Pour Toi j'ai quitté
Israël, et je n'ai pu T'offrir mon sang comme l'ont
fait les prophètes restés là-bas. Mes amis m'ont
traité de lâche, et mes ennemis, de traître.

« Pour Toi, je n'ai mangé que ce que les corbeaux m'apportaient, et j'ai traversé le désert
jusqu'à Sarepta, que ses habitants appellent
Akbar. Guidé par Tes mains, j'ai rencontré une
femme ; guidé par Toi, mon cœur a appris à
l'aimer. Mais à aucun moment je n'ai oublié ma
vraie mission ; tous les jours que j'ai passés ici, j'ai
toujours été prêt à partir.

« La belle Akbar n'est plus que ruines, et la
femme que Tu m'as confiée gît au-dessous. En
quoi ai-je péché, Seigneur ? À quel moment me
suis-je éloigné de ce que Tu désirais de moi ? Si
Tu n'étais pas content de moi, pourquoi ne
m'as-Tu pas enlevé à ce monde ? Au contraire,
Tu as causé encore une fois le malheur de ceux
qui m'avaient aidé et aimé.

« Je ne comprends pas Tes desseins. Je ne vois
pas de justice dans Tes actes. Je ne suis pas
capable de supporter la souffrance que tu m'as
imposée. Éloigne-Toi de ma vie, car moi aussi je
suis ruines, feu et poussière. »

Au milieu du feu et de la désolation, Élie vit la lumière. Et l'ange du Seigneur apparut.

« Que viens-tu faire ici ? demanda Élie. Ne vois-tu pas qu'il est trop tard ?

— Je suis venu te dire qu'une fois encore le Seigneur a entendu ta prière, et ce que tu demandes te sera accordé. Tu n'écouteras plus ton ange et je ne reviendrai pas te voir tant que tes jours d'épreuves ne seront pas accomplis. »

*

Élie prit l'enfant par la main et ils se mirent à marcher sans but. La fumée, jusque-là dispersée par le vent, se concentrait maintenant dans les rues, rendant l'air irrespirable. « C'est peut-être un rêve, pensa-t-il. C'est peut-être un cauchemar. »

« Tu as menti à ma mère, dit l'enfant. La cité est détruite.

— Quelle importance ? Si elle ne voyait pas ce qui se passait autour d'elle, pourquoi ne pas la laisser mourir heureuse ?

— Parce qu'elle a eu confiance en toi, et elle a dit qu'elle était Akbar. »

Il se blessa le pied dans les débris de verre et de céramique répandus sur le sol ; la douleur lui prouva qu'il n'était pas dans un rêve, que tout, autour de lui, était terriblement réel. Ils parvinrent à gagner la place où – voilà combien de temps ? – le peuple se réunissait et où il aidait les gens à résoudre leurs querelles ; le ciel était doré de la lumière des incendies.

« Je ne veux pas que ma mère soit ce que je vois, insista l'enfant. Tu lui as menti. »

Le gamin parvenait à tenir son serment ; pas une larme ne coulait sur son visage.

« Que puis-je faire ? » se demanda Élie. Son pied saignait, et il décida de se concentrer sur la douleur ; elle l'éloignerait du désespoir.

Il regarda la coupure que l'épée de l'Assyrien avait faite sur son corps ; elle n'était pas aussi profonde qu'il avait imaginé. Il s'assit avec l'enfant à l'endroit même où il avait été attaché par les ennemis et sauvé par un traître. Les gens ne couraient plus ; ils marchaient lentement au milieu de la fumée, de la poussière et des ruines, tels des morts vivants. On aurait dit des âmes oubliées par les cieux, désormais condamnées à errer éternellement sur la terre. Rien n'avait de sens.

Quelques-uns réagissaient ; on continuait d'entendre les voix de femmes et les ordres contradictoires de soldats qui avaient survécu au massacre. Mais ils étaient peu nombreux et n'obtenaient aucun résultat.

Le grand prêtre avait dit une fois que le monde était le rêve collectif des dieux. Et si, au fond, il avait raison ? Pourrait-il maintenant aider les dieux à se réveiller de ce cauchemar et les endormir de nouveau avec un rêve plus doux ? Quand il avait des visions nocturnes, il se réveillait toujours et se rendormait ; pourquoi la même chose n'arriverait-elle pas aux créateurs de l'univers ?

Il butait sur les morts. Aucun d'eux n'avait plus à se soucier des impôts à payer, des Assyriens qui campaient dans la vallée, des rituels religieux ou de l'existence d'un prophète errant qui, un jour peut-être, leur avait adressé la parole.

« Je ne peux pas rester ici. L'héritage qu'elle m'a laissé est cet enfant, et j'en serai digne, même si c'est la dernière chose que je ferai sur cette terre. »

Péniblement, il se leva, reprit le garçon par la main, et ils se remirent en marche. Des gens pillaient les magasins et les boutiques qui avaient été saccagés. Pour la première fois, Élie tenta de réagir aux événements et leur demanda de ne pas agir ainsi.

Mais ils le bousculaient en disant : « Nous mangeons les restes de ce que le gouverneur a dévoré tout seul. Laisse-nous donc. »

Élie n'avait pas la force de discuter ; il emmena l'enfant hors de la cité et ils avancèrent dans la vallée. Les anges ne reviendraient pas avec leurs épées de feu.

« La pleine lune. »

Loin de la fumée et de la poussière, le clair de lune illuminait la nuit. Quelques heures plus tôt, lorsque Élie avait tenté de quitter la cité en direction de Jérusalem, il avait trouvé son chemin sans difficulté ; la même chose était arrivée aux Assyriens.

L'enfant trébucha sur un corps et poussa un cri. C'était celui du grand prêtre ; il avait les bras et les jambes mutilés mais il était encore vivant et gardait les yeux fixés sur le sommet de la Cinquième Montagne.

« Tu vois, les dieux phéniciens ont remporté la bataille céleste », dit-il avec difficulté mais d'une voix calme. Le sang coulait de sa bouche.

« Laisse-moi mettre fin à ta souffrance, répondit Élie.

— La douleur ne signifie rien auprès de la joie d'avoir accompli mon devoir.

— Ton devoir était-il de détruire une cité d'hommes justes ?

— Une cité ne meurt pas ; seuls meurent ses habitants et les idées qu'ils portaient avec eux. Un jour, d'autres viendront à Akbar, ils boiront son eau, et la pierre de son fondateur sera polie et gardée par de nouveaux prêtres. Va-t'en, ma

douleur prendra fin bientôt, tandis que ton désespoir durera le reste de ta vie. »

Le corps mutilé respirait avec difficulté, et
Élie le laissa. À cet instant, un groupe de gens
– hommes, femmes et enfants – accourut vers lui
et l'entoura.

« C'est toi ! criaient-ils. Tu as déshonoré ton
pays, et tu as apporté la malédiction sur notre
cité !

– Que les dieux en soient témoins ! Qu'ils
sachent qui est le coupable ! »

Les hommes le bousculaient et le secouaient
par les épaules. L'enfant se protégea de ses mains
et disparut. Les gens frappaient Élie au visage,
sur la poitrine, dans le dos, mais lui ne pensait
qu'à l'enfant ; il n'avait même pas réussi à le garder près de lui.

La correction ne dura pas très longtemps ;
peut-être étaient-ils tous fatigués de tant de violence. Élie tomba à terre.

« Va-t'en d'ici ! lança quelqu'un. Tu as rétribué notre amour de ta haine ! »

Le groupe s'éloigna. Il n'avait pas la force de se
relever. Quand il parvint à se remettre de la honte
éprouvée, il n'était plus le même homme. Il ne
voulait ni mourir, ni continuer à vivre. Il ne voulait rien : il n'avait ni amour, ni haine, ni foi.

Il fut réveillé par le contact d'une main sur son visage. Il faisait encore nuit mais la lune n'était plus dans le ciel.

« J'ai promis à ma mère que je veillerais sur toi, dit le gamin. Mais je ne sais pas quoi faire.

— Retourne dans la cité. Les gens sont bons et quelqu'un t'accueillera.

— Tu es blessé. Je dois soigner ton bras. Peut-être qu'un ange apparaîtra et me dira quoi faire.

— Tu es ignorant, tu ne sais rien de ce qui se passe ! s'écria Élie. Les anges ne reviendront plus, parce que nous sommes des gens ordinaires, et tout le monde est faible devant la souffrance. Quand surviennent les tragédies, les gens ordinaires doivent se débrouiller par leurs propres moyens ! »

Il respira profondément et tenta de se calmer ; cela n'avançait à rien de discuter.

« Comment es-tu arrivé jusqu'ici ?

— Je ne suis pas parti.

— Alors tu as vu ma honte. Tu as vu que je n'avais plus rien à faire à Akbar.

— Tu m'as dit que toutes les batailles servaient à quelque chose, même celles que nous perdons. »

Il se souvenait de la promenade au puits, le

matin précédent. Mais il lui semblait que des années s'étaient écoulées depuis, et il avait envie de rétorquer que les belles paroles ne signifient rien lorsqu'on est confronté à la souffrance ; pourtant il préféra ne pas effrayer le gamin par ces paroles.

« Comment as-tu échappé à l'incendie ? »

L'enfant baissa la tête.

« Je ne dormais pas. J'avais décidé de passer la nuit éveillé pour savoir si tu irais retrouver ma mère dans sa chambre. J'ai vu quand les premiers soldats sont entrés. »

Élie se leva et se mit en marche. Il cherchait le rocher, devant la Cinquième Montagne, où, un après-midi, il avait assisté au coucher du soleil avec la femme.

« Je ne dois pas y aller, pensa-t-il. Je serai encore plus désespéré. »

Mais une force l'attirait dans cette direction. Une fois arrivé, il pleura amèrement ; comme la cité d'Akbar, l'endroit était marqué par une pierre – mais il était le seul, dans toute cette vallée, à en comprendre la signification ; elle ne serait pas honorée par de nouveaux habitants, ni polie par des couples découvrant le sens de leur amour.

Il prit l'enfant dans ses bras et s'endormit.

« J'AI SOIF ET J'AI FAIM, DIT L'ENFANT À ÉLIE, À PEINE
éveillé.

– Nous pouvons aller chez des bergers qui
vivent près d'ici. Rien n'a dû leur arriver parce
qu'ils n'habitaient pas à Akbar.

– Nous devons restaurer la cité. Ma mère a dit
qu'elle était Akbar. »

Quelle cité ? Il n'y avait plus de palais, ni de
marché, ni de murailles. Les gens de bien
s'étaient transformés en brigands, et les jeunes
soldats avaient été massacrés. Les anges ne
reviendraient plus – mais c'était le cadet de ses
soucis.

« Tu trouves que la destruction, la douleur, les
morts de la nuit dernière ont un sens ? Tu penses
qu'il faut anéantir des milliers de vies pour enseigner à quelqu'un ta façon de voir les choses ? »

Le gamin le regarda d'un air épouvanté.

« Oublie ce que je viens de dire, dit Élie. Allons trouver le berger.

– Et allons restaurer la cité », insista l'enfant.

Élie ne répondit pas. Il savait qu'il ne parviendrait plus à imposer son autorité au peuple qui l'accusait d'avoir apporté le malheur. Le gouverneur s'était enfui, le commandant était mort, Tyr et Sidon tomberaient probablement bientôt sous la domination étrangère. La femme avait peut-être raison ; les dieux changeaient toujours – et cette fois c'était le Seigneur qui était parti.

« Quand retournerons-nous là-bas ? » interrogea de nouveau l'enfant.

Élie le prit par les épaules et se mit à le secouer violemment.

« Regarde derrière toi ! Tu n'es pas un ange aveugle, mais un gamin désireux de surveiller ce que faisait sa mère. Qu'est-ce que tu vois ? Tu as remarqué les colonnes de fumée qui montent dans le ciel ? Tu sais ce que cela signifie ?

– Tu me fais mal ! Je veux partir d'ici, je veux m'en aller ! »

Élie s'arrêta, effrayé par sa propre attitude : jamais il n'avait agi de la sorte. L'enfant s'écarta et se mit à courir en direction de la cité. Il parvint à le rattraper et s'agenouilla devant lui.

« Pardonne-moi. Je ne sais pas ce que je fais. »

Le gamin sanglotait, mais pas une larme ne

coulait sur son visage. Il s'assit près de lui, en attendant qu'il se calme.

« Ne pars pas, demanda-t-il. Avant que ta mère ne s'en aille, je lui ai promis de rester avec toi jusqu'à ce que tu puisses suivre ton propre chemin.

– Tu as promis aussi que la cité était intacte. Et elle a dit...

– Inutile de le répéter. Je suis honteux, perdu dans ma propre faute. Laisse-moi me retrouver. Excuse-moi, je ne voulais pas te blesser. »

Le gamin le serra dans ses bras. Mais pas une larme ne roula de ses yeux.

*

Ils atteignirent la maison au cœur de la vallée ; une femme se tenait près de la porte et deux petits enfants jouaient devant. Le troupeau était dans l'enclos – ce qui signifiait que le berger n'était pas parti dans les montagnes ce matin-là.

La femme regarda d'un air effrayé l'homme et l'enfant qui marchaient à sa rencontre. Elle eut instinctivement envie de les chasser, mais la tradition – et les dieux – exigeaient qu'elle obéît à la loi universelle de l'hospitalité. Si elle ne les accueillait pas maintenant, un malheur semblable pourrait arriver plus tard à ses enfants.

« Je n'ai pas d'argent, dit-elle. Mais je peux vous donner un peu d'eau et de nourriture. »

Ils s'assirent sur la petite terrasse ombragée par un toit de paille, et elle apporta des fruits secs accompagnés d'un broc d'eau. Ils mangèrent en silence, retrouvant un peu, pour la première fois depuis la nuit précédente, leurs gestes quotidiens. Les enfants, épouvantés par l'aspect des nouveaux venus, s'étaient réfugiés à l'intérieur de la maison.

Son repas terminé, Élie s'enquit du berger.

« Il ne va pas tarder, répondit-elle. Nous avons entendu un grand vacarme, et ce matin quelqu'un est venu nous dire qu'Akbar avait été détruite. Il est parti voir ce qui s'était passé. »

Les enfants l'appelèrent et elle rentra.

« Inutile de chercher à convaincre le gamin, pensa Élie. Tant que je n'aurai pas fait ce qu'il demande, il ne me laissera pas en paix. C'est à moi de lui montrer que c'est impossible. »

La nourriture et l'eau faisaient des miracles ; il se sentait de nouveau faire partie du monde. Ses pensées coulaient avec une incroyable rapidité, cherchant des solutions plutôt que des réponses.

*

Quelque temps après, le berger arriva. Inquiet pour la sécurité de sa famille, il considéra avec crainte l'homme et l'enfant. Mais il comprit bien vite la situation.

« Vous êtes sans doute des réfugiés d'Akbar, dit-il. J'en reviens.

– Que se passe-t-il ? demanda le gamin.

– La cité a été détruite et le gouverneur est en fuite. Les dieux ont désorganisé le monde.

– Nous avons tout perdu, expliqua Élie. Nous aimerions que vous nous accueilliez.

– Ma femme vous a déjà accueillis et nourris. Maintenant, vous devez partir et affronter l'inévitable.

– Je ne sais pas quoi faire de l'enfant. J'ai besoin d'aide.

– Mais si, tu sais. Il est jeune, il a l'air intelligent et il est plein d'énergie. Et toi, tu as l'expérience d'un homme qui a connu beaucoup de victoires et de défaites dans cette vie. C'est une combinaison parfaite car elle peut t'aider à trouver la sagesse. »

Regardant la blessure au bras d'Élie, le berger affirma qu'elle n'était pas grave ; il alla chercher dans la maison des herbes et un morceau de tissu. Le gamin l'aida à maintenir en place le cataplasme. Quand le berger lui fit remarquer qu'il pouvait y arriver tout seul, l'enfant rétorqua qu'il avait promis à sa mère de veiller sur cet homme.

Le berger rit.

« Ton fils est un homme de parole.

– Je ne suis pas son fils. Et lui aussi est un homme de parole. Il va reconstruire la cité parce qu'il doit faire revenir ma mère, tout comme il l'a fait avec moi. »

Élie comprit soudain ce qui préoccupait l'enfant, mais avant qu'il ait pu dire un mot, le berger cria à sa femme qui, à ce moment précis, sortait de la maison, qu'il allait repartir. « Mieux vaut reconstruire la vie sans attendre, déclara-t-il. Cela prendra longtemps pour que tout redevienne comme avant.

– Rien ne sera jamais comme avant.

– Tu sembles être un jeune homme sage, et tu peux comprendre bien des choses que je ne comprends pas. Mais la nature m'a enseigné une leçon que je n'oublierai jamais : un homme qui dépend du temps et des saisons, comme seul en dépend un berger, peut survivre aux événements inévitables. Il soigne son troupeau, traite chaque animal comme s'il était unique, cherche à aider les mères et les petits, ne s'éloigne jamais trop d'un endroit où les bêtes peuvent boire. Cependant, une fois de temps en temps, une brebis à laquelle il a consacré tant d'efforts finit par mourir dans un accident, causé par un serpent, un animal sauvage, ou même une chute dans un précipice. L'inévitable se produit toujours. »

Élie regarda en direction d'Akbar et se rappela la conversation avec l'ange. L'inévitable survient toujours.

« Il faut de la discipline et de la patience pour le surmonter, ajouta le berger.

— Et de l'espoir. Quand l'espoir n'existe plus, il ne faut pas gâcher son énergie à lutter contre l'impossible.

— Ce n'est pas une question d'espoir dans l'avenir. Il s'agit de recréer le passé lui-même. »

Le berger n'était plus pressé, son cœur s'était empli de pitié pour ces réfugiés. Puisque lui et sa famille avaient été épargnés par la tragédie, ça ne lui coûtait rien de leur venir en aide – et de plaire ainsi aux dieux. En outre, il avait entendu parler du prophète israélite qui avait gravi la Cinquième Montagne sans être atteint par le feu du ciel ; tout indiquait que c'était cet homme qui se tenait devant lui.

« Vous pouvez rester un jour de plus, si vous voulez.

— Je n'ai pas compris ce que tu viens de dire, remarqua Élie. À propos de recréer le passé lui-même.

— J'ai toujours vu les gens qui passaient par ici pour aller à Tyr et à Sidon. Certains se plaignaient de n'avoir rien réussi à Akbar, et ils étaient à la recherche d'une nouvelle destinée. Un jour, ces gens revenaient. Ils n'avaient pas trouvé ce qu'ils cherchaient, parce qu'ils avaient emporté avec eux, outre leurs bagages, le poids de leur échec passé. L'un ou l'autre rentrait avec un emploi au gouvernement, ou la joie d'avoir donné une meilleure éducation à ses enfants – mais rien de plus, parce que le passé à Akbar les avait rendus craintifs, et ils n'avaient pas suffisamment confiance en eux pour prendre des risques.

« Et puis, sont passés aussi devant ma porte des gens pleins d'enthousiasme. Ils avaient profité de chaque minute de leur existence à Akbar et gagné – avec beaucoup d'efforts – l'argent nécessaire au voyage qu'ils voulaient entreprendre. Pour eux, la vie était une victoire permanente, et elle continuerait de l'être. Eux aussi revenaient, mais avec des histoires merveilleuses. Ils avaient conquis tout ce qu'ils désiraient parce qu'ils n'étaient pas limités par les frustrations du passé. »

*

Les propos du berger touchaient le cœur d'Élie.

« Il n'est pas difficile de reconstruire une vie, de même qu'il n'est pas impossible de relever Akbar de ses ruines, poursuivit le berger. Il suffit pour cela d'avoir conscience que nous avons la même force qu'auparavant, et de nous en servir à notre avantage. »

L'homme le regarda dans les yeux.

« Si tu as un passé dont tu n'es pas satisfait, oublie-le maintenant. Imagine une nouvelle histoire pour ta vie et crois en elle. Concentre-toi seulement sur les moments où tu as réussi ce que tu désirais – et cette force t'aidera à obtenir ce que tu veux. »

« À une époque j'ai désiré être charpentier, ensuite j'ai voulu être un prophète envoyé pour le salut d'Israël, pensa Élie. Les anges descendaient des cieux, et le Seigneur me parlait. Et puis j'ai compris qu'Il n'était pas juste et que Ses motifs seraient toujours au-delà de mon entendement. »

Le berger cria à sa femme qu'il n'allait pas repartir – tout compte fait, il était déjà allé à pied jusqu'à Akbar et il n'avait pas le courage de refaire le chemin.

« Merci de nous accueillir, dit Élie.

– Ça ne coûte rien de vous abriter pour une nuit. »

L'enfant intervint dans la conversation :

« Nous voulons retourner à Akbar.

– Attendez jusqu'à demain. Les habitants de la cité sont en train de la saccager, et il n'y a nulle part où dormir. »

Le gamin regarda le sol, se mordit les lèvres et, une fois de plus, se retint de pleurer. Le berger les conduisit à l'intérieur, rassura sa femme et ses enfants et passa le reste de la journée à parler du temps pour les distraire tous les deux.

LE LENDEMAIN, ILS SE RÉVEILLÈRENT TÔT, PRIRENT UN repas que leur avait préparé la femme du berger et allèrent jusqu'à la porte de la maison.

« Je te souhaite longue vie et prospérité à ton troupeau, dit Élie. J'ai mangé ce dont mon corps avait besoin, et mon âme a appris ce que j'ignorais encore. Que Dieu n'oublie jamais ce que vous avez fait pour nous, et que vos enfants ne soient jamais des étrangers sur une terre étrangère.

— Je ne sais à quel Dieu tu fais allusion ; ils sont nombreux, les habitants de la Cinquième Montagne », dit le berger durement. Puis aussitôt, changeant de ton : « Rappelle-toi les bonnes choses que tu as réalisées. Elles te donneront du courage.

— J'en ai fait bien peu, et aucune grâce à mes qualités.

— Alors il est temps de faire davantage.

239

« – J'aurais peut-être pu éviter l'invasion. »

Le berger rit :

« Même si tu avais été le gouverneur d'Akbar, tu n'aurais pas pu empêcher l'inévitable.

– Le gouverneur aurait peut-être dû attaquer les Assyriens quand ils sont arrivés dans la vallée avec quelques troupes. Ou négocier la paix avant que la guerre n'éclate.

– Tout ce qui aurait pu arriver mais n'est pas arrivé, le vent l'emporte et il n'en reste nulle trace, dit le berger. La vie est faite de nos attitudes. *Et il est des choses que les dieux nous obligent à vivre.* Peu importe la raison qui est la leur, et faire tout notre possible pour les éviter ne sert à rien.

– Pourquoi ?

– Demande à un prophète israélite qui vivait à Akbar. Il paraît qu'il a réponse à tout. »

L'homme se dirigea vers l'enclos. « Je dois mener mon troupeau au pâturage. Hier, les bêtes ne sont pas sorties et elles sont impatientes. »

Il prit congé d'un signe de tête et s'éloigna avec ses brebis.

L'ENFANT ET L'HOMME AVANÇAIENT DANS LA VALLÉE.

« Tu marches lentement, disait le gamin. Tu as peur de ce qui pourra t'arriver.

– Je n'ai peur que de moi, répondit Élie. Ils ne peuvent rien me faire, car mon cœur n'existe plus.

– Le Dieu qui m'a fait revenir de la mort est encore vivant. Il peut ramener ma mère, si tu accomplis la même chose pour la cité.

– Oublie ce Dieu. Il est loin, et Il ne réalise plus les miracles que nous attendons de Lui. »

Le berger avait raison. Désormais, il fallait reconstruire son propre passé, oublier qu'un jour on jugerait un prophète qui devait libérer Israël mais qui avait échoué dans sa mission de sauver une simple cité.

Cette pensée lui procura un étrange sentiment d'euphorie. Pour la première fois de sa vie, il se sentit libre, prêt à faire ce qu'il voulait, quand il voulait. Il n'entendrait plus les anges, mais en contrepartie il était libre de retourner en Israël, de reprendre son travail de charpentier, de voyager jusqu'en Grèce pour y suivre l'enseignement des sages, ou de gagner avec les navigateurs phéniciens les contrées de l'autre côté de la mer.

Mais auparavant, il devait se venger. Il avait consacré les meilleures années de sa jeunesse à un Dieu sourd qui lui donnait sans cesse des ordres tout en faisant toujours les choses à Sa manière. Il avait appris à accepter Ses décisions et à respecter Ses desseins. Mais sa fidélité avait été récompensée par l'abandon, son dévouement ignoré, ses efforts pour accomplir la Volonté suprême avaient abouti à la mort de la seule femme qu'il avait aimée dans sa vie.

« Tu as toute la force du monde et des étoiles », dit Élie dans sa langue natale, afin que l'enfant ne comprît pas le sens de ses paroles. « Tu peux détruire une cité, un pays, comme nous détruisons les insectes. Alors, envoie le feu du ciel et mets fin à mes jours tout de suite, sinon j'irai contre Ton œuvre. »

Akbar apparut au loin. Il prit la main du gamin et la serra de toutes ses forces.

« Désormais, jusqu'à ce que nous franchissions les portes de la cité, je marcherai les yeux fermés ;

il faut que tu me guides, dit-il à l'enfant. Si je meurs en cours de route, fais ce que tu m'as demandé de faire : reconstruis Akbar, même si pour cela il te faut d'abord grandir, puis apprendre à couper le bois ou à tailler la pierre. »

L'enfant resta silencieux. Élie ferma les yeux et se laissa guider. Il écoutait le bruit du vent et le son de ses pas sur le sable.

Il se rappela Moïse. Après qu'il eut libéré et conduit le peuple élu dans le désert, surmontant d'énormes difficultés, Dieu l'avait empêché d'entrer en Canaan. Alors, Moïse avait dit : « *Permets que je passe de l'autre côté, et que je voie le bon pays qui est au-delà du Jourdain.* »

Mais le Seigneur s'était indigné de sa requête. Et il avait répondu : « *Assez. Cesse de me parler de cela. Lève les yeux vers l'ouest et vers le nord, vers le sud et vers l'est ; regarde de tous tes yeux car tu ne passeras pas le Jourdain que voici.* »

Ainsi le Seigneur avait-il récompensé Moïse pour sa longue et rude tâche : il ne lui avait pas permis de poser le pied en Terre promise. Que serait-il arrivé s'il avait désobéi ?

Élie tourna de nouveau sa pensée vers les cieux.

« Seigneur, cette bataille n'a pas eu lieu entre les Assyriens et les Phéniciens, mais entre Toi et moi. Tu ne m'as pas averti de notre guerre singulière et – comme toujours – Tu as gagné et fait accomplir Ta volonté. Tu as détruit la femme que j'ai aimée et la cité qui m'a accueilli quand j'étais loin de ma patrie. »

Le vent souffla plus fort à ses oreilles. Élie eut peur, mais il continua :

« Il m'est impossible de faire revenir la femme, mais je peux changer le destin de Ton œuvre de destruction. Moïse a accepté Ta volonté, et il n'a pas franchi le fleuve. Moi, je poursuivrai : tue-moi sur-le-champ, car, si Tu me laisses arriver jusqu'aux portes de la cité, je reconstruirai ce que Tu as voulu faire disparaître de la surface de la terre. Et j'irai contre Ta décision. »

Il se tut. Il fit le vide dans son esprit et attendit la mort. Pendant très longtemps, il se concentra seulement sur le son des pas dans le sable ; il ne voulait pas entendre la voix des anges ou les menaces du Ciel. Son cœur était libre et il n'avait plus peur de ce qui pourrait lui arriver. Cependant, dans les profondeurs de son âme, quelque chose commença à le perturber – comme s'il avait oublié un élément d'importance.

Longtemps après, l'enfant s'arrêta et secoua le bras d'Élie.

« Nous sommes arrivés », dit-il.

Il ouvrit les yeux. Le feu du ciel n'était pas descendu sur lui et les murailles en ruine d'Akbar l'entouraient.

*

Il regarda l'enfant qui lui tenait les mains comme s'il craignait qu'il ne s'échappât. L'aimait-il ? Il l'ignorait. Mais ces réflexions pouvaient être remises à plus tard ; il avait maintenant une tâche à accomplir – la première depuis des années qui ne lui fût pas imposée par Dieu.

De là où ils se tenaient, ils pouvaient sentir l'odeur de brûlé. Des charognards tournoyaient dans le ciel, attendant le moment propice pour dévorer les cadavres de sentinelles qui pourrissaient sur le sol. Élie prit l'épée à la ceinture d'un soldat mort. Dans la confusion de la nuit précédente, les Assyriens avaient oublié de ramasser les armes qui se trouvaient hors de la cité.

« Pourquoi prends-tu cette épée ? demanda l'enfant.

– Pour me défendre.

– Les Assyriens sont partis.

– Il est tout de même bon d'en avoir une sur moi. Nous devons nous tenir prêts. »

Sa voix tremblait. Il était impossible de savoir ce qui se passerait lorsqu'ils franchiraient la muraille à moitié démolie, mais il était prêt à tuer quiconque tenterait de l'humilier.

« J'ai été détruit comme cette cité, dit-il à

245

l'enfant. Mais, de même que cette cité, je n'ai pas encore terminé ma mission. »

Le gamin sourit.

« Tu parles comme autrefois, dit-il.

— Ne te laisse pas abuser par les mots. Avant, j'avais l'objectif de chasser du trône Jézabel et de rendre Israël au Seigneur, mais maintenant qu'Il nous a oubliés, nous aussi nous devons L'oublier. Ma mission consiste à accomplir ce que tu me demandes. »

L'enfant le regarda, méfiant :

« Sans Dieu, ma mère ne reviendra pas d'entre les morts. »

Élie lui caressa la tête.

« Seul le corps de ta mère s'en est allé. Elle est toujours parmi nous et, comme elle nous l'a dit, elle est Akbar. Nous devons l'aider à retrouver sa beauté. »

*

La cité était quasi déserte. Des vieux, des femmes et des enfants erraient dans les rues — répétant la scène qu'il avait vue durant la nuit de l'invasion. Ils semblaient ne pas savoir quoi faire, quoi décider.

Chaque fois qu'ils croisaient quelqu'un, l'enfant remarquait qu'Élie serrait de toutes ses forces la poignée de l'épée. Mais les gens leur manifestaient de l'indifférence : la plupart reconnaissaient le prophète d'Israël, certains le saluaient de la tête, et personne ne lui adressait la moindre parole – même de haine.

« Ils ont perdu jusqu'au sentiment de la colère », pensa-t-il, regardant vers la Cinquième Montagne, dont le sommet restait couvert de ses éternels nuages. Alors il se rappela les paroles du Seigneur :

« Je jetterai vos cadavres sur les cadavres de vos dieux ; mon âme se lassera de vous. Votre pays sera dévasté et vos cités seront désertées.

Et ceux d'entre vous qui resteront, je leur mettrai dans le cœur une telle anxiété que le bruit d'une feuille qui bouge les poursuivra.

Et ils tomberont sans que personne ne les poursuive. »

« Voilà ce que Tu as fait, Seigneur : Tu as tenu Ta parole, et les morts vivants continuent d'errer sur la terre. Et Akbar est la cité choisie pour les abriter. »

Ils gagnèrent tous deux la place principale, s'assirent sur des décombres et regardèrent alentour. La destruction semblait avoir été plus rigoureuse et implacable qu'il ne l'avait pensé ; la plupart des toits s'étaient écroulés, la saleté et les insectes prenaient possession de tout.

« Il faut enlever les morts, dit-il. Ou bien la peste entrera dans la cité par la grande porte. »

L'enfant gardait les yeux baissés.

« Lève la tête, dit Élie. Nous devons beaucoup travailler pour que ta mère soit contente. »

Mais le gamin n'obéit pas ; il commençait à comprendre que, quelque part dans ces ruines, se trouvait le corps qui lui avait donné la vie, et que ce corps était dans le même état que tous les autres épars autour de lui.

Élie n'insista pas. Il se leva, prit un cadavre sur ses épaules et le porta au centre de la place. Il ne parvenait pas à se rappeler les recommandations du Seigneur sur l'enterrement des morts ; tout ce qu'il devait faire, c'était empêcher que ne survînt la peste, et la seule solution était de les incinérer.

Il travailla ainsi toute la matinée. L'enfant ne quitta pas cet endroit et ne leva pas les yeux un instant, mais il tint la promesse qu'il avait faite à sa mère : pas une larme ne tomba sur le sol d'Akbar.

Une femme s'arrêta et resta un moment à observer l'activité d'Élie.

« L'homme qui résolvait les problèmes des vivants débarrasse les corps des morts, remarqua-t-elle.

— Où sont donc les hommes d'Akbar ? demanda Élie.

— Ils sont partis et ont emporté le peu qui restait. Il n'y a plus rien qui vaille la peine de s'attarder ici. Les seuls à n'avoir pas quitté la cité sont ceux qui étaient incapables de le faire : les vieux, les veuves et les orphelins.

— Mais ils étaient ici depuis des générations ! On ne peut pas renoncer aussi facilement.

— Essaie d'expliquer cela à quelqu'un qui a tout perdu.

« – Aide-moi, dit Élie tout en prenant un des corps sur son dos puis en le mettant sur le tas. Nous allons les incinérer pour que le dieu de la peste ne vienne pas nous rendre visite. Il a horreur de l'odeur de la chair qui brûle.

– Que vienne le dieu de la peste, répliqua la femme. Et qu'il nous emporte tous, le plus vite possible. »

Élie continua son travail. La femme s'assit à côté de l'enfant et le regarda faire. Quelque temps après, elle s'approcha de nouveau.

« Pourquoi désires-tu sauver une cité condamnée ?

– Si je m'arrête pour réfléchir, je me retrouverai incapable d'agir comme je le veux », répondit-il.

Le vieux berger avait raison : oublier son passé d'incertitudes et se créer une nouvelle histoire était la seule issue. L'ancien prophète était mort avec la femme dans l'incendie de sa maison ; maintenant, il était un homme sans foi en Dieu, habité de nombreux doutes. Mais il était en vie, même après avoir bravé la malédiction divine. S'il voulait poursuivre sa route, il devait suivre ses conseils.

La femme choisit un corps plus léger et le traîna par les pieds jusqu'au tas qu'Élie avait commencé.

« Ce n'est pas par peur du dieu de la peste, dit-elle. Ni pour Akbar, puisque les Assyriens reviendront bientôt. C'est pour le gamin assis là, tête basse ; il doit comprendre qu'il a encore la vie devant lui.

– Merci, dit Élie.

– Ne me remercie pas. Quelque part dans ces ruines, nous trouverons le corps de mon fils. Il avait à peu près le même âge que ce gamin. »

Elle mit sa main sur son visage et pleura abondamment. Élie la prit délicatement par le bras.

« La douleur que toi et moi ressentons ne passera jamais, mais le travail nous aidera à la supporter. La souffrance n'a pas la force de meurtrir un corps fatigué. »

Ils consacrèrent la journée entière à cette tâche macabre, ramasser et empiler les morts ; la plupart étaient des jeunes gens que les Assyriens avaient pris pour des membres de l'armée d'Akbar. Mais plus d'une fois il reconnut des amis, et il pleura, sans toutefois interrompre sa besogne.

*

À la fin de l'après-midi, ils étaient épuisés. Pourtant, le travail réalisé était loin de suffire ; et aucun autre habitant d'Akbar ne leur avait prêté main-forte.

Ils revinrent tous les deux près de l'enfant. Pour la première fois, il leva la tête.

« J'ai faim, dit-il.

— Je vais chercher quelque chose, répondit la femme. Il y a suffisamment de nourriture cachée dans les habitations d'Akbar : les gens s'étaient préparés à un siège prolongé.

— Apporte de la nourriture pour toi et moi, parce que nous prenons soin de la cité à la sueur de notre front, répliqua Élie. Mais si ce petit veut manger, il devra se débrouiller tout seul. »

La femme comprit ; elle aurait agi de la même manière avec son fils. Elle se rendit jusqu'à l'endroit où auparavant s'élevait sa maison ; les pillards avaient quasiment tout retourné à la recherche d'objets de valeur, et sa collection de vases, créés par les grands maîtres verriers d'Akbar, gisait en morceaux sur le sol. Mais elle trouva les fruits secs et la farine qu'elle avait stockés.

Elle retourna sur la place et partagea sa nourriture avec Élie. L'enfant ne dit rien.

Un vieux s'approcha :

« J'ai vu que vous aviez passé la journée entière à ramasser les corps. Vous perdez votre temps. Ne savez-vous pas que les Assyriens reviendront, une fois Tyr et Sidon conquises ? Que le dieu de la peste vienne donc s'installer ici, pour les détruire aussi.

– Nous ne faisons pas cela pour eux, ni pour nous-mêmes, répliqua Élie. Elle travaille dans le but d'enseigner à un enfant qu'il existe un avenir. Et moi, je le fais pour montrer qu'un passé n'est plus.

– Ainsi, le prophète n'est plus une menace pour la grande princesse de Tyr : quelle surprise ! Jézabel gouvernera Israël jusqu'à la fin de ses jours, et nous aurons toujours un endroit où nous réfugier, si les Assyriens ne sont pas généreux avec les vaincus. »

Élie resta silencieux. Le nom qui autrefois lui inspirait tant de haine sonnait maintenant d'une manière étrangement lointaine.

« Akbar sera reconstruite, de toute façon, insista le vieillard. Ce sont les dieux qui choisissent les lieux où l'on élève les cités, et ils ne vont pas l'abandonner ; mais nous pouvons laisser ce travail aux générations futures.

– Nous pouvons. Mais nous n'allons pas le faire. »

Élie tourna le dos au vieil homme, mettant fin à la conversation.

*

Ils dormirent tous les trois à la belle étoile. La femme prit l'enfant dans ses bras et remarqua

que la faim faisait gronder son estomac. Elle
pensa lui donner un peu de nourriture ; mais elle
changea aussitôt d'avis : la fatigue physique
diminuait réellement la douleur, et cet enfant, qui
paraissait souffrir beaucoup, devait s'occuper à
quelque chose. La faim le persuaderait peut-être
de travailler.

LE LENDEMAIN, ÉLIE ET LA FEMME REPRIRENT LEUR
ouvrage. Le vieillard qui s'était approché la veille
revint les voir.

« Je n'ai rien à faire et je pourrais vous aider,
dit-il. Mais je suis trop faible pour porter les
corps.

— Alors, rassemble le petit bois et les briques.
Tu nettoieras les cendres. »

Le vieux se mit au travail.

*

Quand le soleil atteignit le zénith, Élie s'assit
par terre, épuisé. Il savait que son ange était à ses
côtés mais il ne pouvait plus l'entendre. « À quoi
bon ? Il a été incapable de m'aider quand j'en
avais besoin, maintenant je ne veux pas de ses
conseils ; tout ce que je dois faire, c'est laisser

cette cité en ordre, montrer à Dieu que je suis capable de L'affronter, et ensuite partir où je le désirerai. »

Jérusalem n'était pas loin, à sept jours de marche seulement, sans passages difficiles, mais là-bas il était recherché comme traître. Il valait peut-être mieux aller à Damas, ou trouver un emploi de scribe dans une cité grecque.

Il sentit qu'on le touchait. Il se retourna et vit l'enfant, un petit vase à la main.

« Je l'ai trouvé dans une maison », dit le gamin, et il le lui tendit.

Il était plein d'eau. Élie but jusqu'à la dernière goutte.

« Mange quelque chose, dit-il. Tu travailles, tu mérites ta récompense. »

Pour la première fois depuis la nuit de l'invasion, un sourire apparut sur les lèvres du gamin, qui se précipita vers l'endroit où la femme avait laissé les fruits et la farine.

Élie se remit au travail ; il entrait dans les maisons en ruine, écartait les décombres, prenait les corps et les portait jusqu'au tas amoncelé au centre de la place. Le pansement que le berger lui avait fait au bras était tombé, mais cela n'avait pas d'importance ; il devait se prouver à lui-même qu'il était assez fort pour reconquérir sa dignité.

Le vieux, qui maintenant rassemblait les ordures répandues sur la place, avait raison ; d'ici peu, les ennemis seraient de retour, récoltant les fruits de ce qu'ils n'avaient pas semé. Élie épargnait du travail aux assassins de la seule femme qu'il avait aimée de toute sa vie, puisque les Assyriens, étant superstitieux, reconstruiraient Akbar de toute manière. D'après leurs croyances, les dieux avaient disposé les cités selon un ordre bien précis, en harmonie avec les vallées, les animaux, les fleuves, les mers. Dans chacune d'elles, ils avaient conservé un lieu sacré où se reposer durant leurs longs voyages de par le monde. Lorsqu'une cité était détruite, il y avait toujours un grand risque que les cieux ne tombent sur la terre.

La légende racontait que le fondateur d'Akbar, venant du nord, était passé par là, voilà des siècles. Il décida de dormir sur place et, pour marquer l'endroit où il avait laissé ses affaires, il enfonça une baguette de bois dans le sol. Le lendemain, comme il ne réussissait pas à l'arracher, il comprit la volonté de l'univers ; il marqua d'une pierre l'endroit où le miracle s'était produit et découvrit une source non loin de là. Peu à peu, des tribus s'installèrent à proximité de la pierre et du puits : Akbar était née.

Le gouverneur avait expliqué une fois à Élie

que, selon la tradition phénicienne, toute cité était le *troisième point*, l'élément de liaison entre la volonté des cieux et celle de la terre. L'univers faisait que la semence se transformât en plante, le sol lui permettait de se développer, les hommes la cueillaient et la portaient à la cité, où ils consacraient aux dieux les offrandes avant de les abandonner sur les montagnes sacrées. Même s'il n'avait pas beaucoup voyagé, Élie savait que de nombreuses nations dans le monde partageaient cette vision.

Les Assyriens avaient peur de priver de nourriture les dieux de la Cinquième Montagne ; ils ne désiraient pas mettre fin à l'équilibre de l'univers.

« Pourquoi pensé-je tout cela si cette lutte est une lutte entre ma volonté et celle du Seigneur qui m'a laissé seul au beau milieu de mes tribulations ? »

L'impression qu'il avait eue la veille au moment où il bravait Dieu revint. Il oubliait un élément important, et il avait beau chercher dans sa mémoire, il ne parvenait pas à s'en souvenir.

UN AUTRE JOUR PASSA. ILS AVAIENT DÉJÀ RASSEMBLÉ LA plupart des corps, quand une femme inconnue s'approcha.

« Je n'ai rien à manger, dit-elle.

— Nous non plus, répliqua Élie. Hier et aujourd'hui nous avons partagé en trois la part destinée à une personne. Va voir où l'on peut trouver des aliments et tiens-moi au courant.

— Comment le découvrir ?

— Demande aux enfants. Ils savent tout. »

Depuis qu'il lui avait offert de l'eau, le gamin paraissait reprendre un peu goût à la vie. Élie l'avait envoyé ramasser les ordures et les débris avec le vieux, mais il n'avait pas réussi à le faire travailler très longtemps ; maintenant il jouait en compagnie d'autres enfants dans un coin de la place.

« Cela vaut mieux. Il aura bien le temps de

suer, une fois adulte. » Mais il ne regrettait pas de lui avoir fait endurer la faim une nuit entière, sous prétexte qu'il devait travailler; s'il l'avait traité en pauvre orphelin, victime de la méchanceté des guerriers assyriens, jamais il ne serait sorti de la dépression dans laquelle il était plongé lorsqu'ils étaient revenus dans la cité. Dorénavant il avait l'intention de le laisser quelques jours tout seul trouver ses propres réponses à ce qui s'était passé.

« Comment les enfants peuvent-ils savoir quelque chose ? insista la femme qui lui avait demandé à manger.

– Vois par toi-même. »

La femme et le vieux qui aidaient Élie la virent discuter avec les enfants qui jouaient dans la rue. Ils lui dirent quelques mots, elle se retourna, sourit et disparut au coin de la place.

« Comment as-tu découvert que les enfants savaient ? demanda le vieux.

– Parce que j'ai été gamin, et je sais que les enfants n'ont pas de passé, répondit-il, se rappelant de nouveau la conversation avec le berger. Ils ont été horrifiés par la nuit de l'invasion mais ils ne s'en soucient déjà plus ; la cité est transformée en un immense parc où ils peuvent aller et venir sans être dérangés. Tôt ou tard, ils devaient bien tomber sur la nourriture stockée par les habitants d'Akbar pour soutenir le siège.

« Un enfant peut toujours enseigner trois choses à un adulte : être content sans raison, s'occuper toujours à quelque chose, et savoir exiger – de toutes ses forces – ce qu'il désire. C'est à cause de ce gosse que je suis revenu à Akbar. »

*

Cet après-midi-là, d'autres vieillards et d'autres femmes participèrent au ramassage des morts. Les enfants éloignaient les charognards et apportaient des morceaux de bois et de tissu. Quand la nuit tomba, Élie mit feu à la montagne de corps. Les survivants d'Akbar contemplèrent en silence la fumée qui s'élevait vers les cieux.

Sa tâche terminée, Élie s'effondra de fatigue. Mais avant de dormir, il éprouva de nouveau la sensation qu'il avait eue le matin même : un élément capital luttait désespérément pour lui revenir en mémoire. Ce n'était rien qu'il eût appris pendant le temps qu'il avait passé à Akbar, mais une histoire ancienne, qui semblait donner sens à tout ce qui était en train de se produire.

« *CETTE NUIT-LÀ, UN HOMME LUTTA AVEC JACOB jusqu'au lever du jour. Voyant qu'il ne pouvait l'emporter sur lui, il lui dit : " Laisse-moi partir. "*

Jacob répondit : " Je ne te laisserai pas, que tu ne m'aies béni. "

Alors l'homme lui dit : " Comme un prince, tu as lutté avec Dieu. Comment t'appelles-tu ? "

Jacob dit son nom, et l'homme répondit : " Désormais, tu t'appelleras Israël. " »

Élie se réveilla d'un bond et regarda le firmament. Voilà l'histoire qui manquait !

Longtemps auparavant, alors que le patriarche Jacob avait installé son camp, quelqu'un entra dans sa tente au cours de la nuit et lutta avec lui jusqu'au lever du soleil. Jacob accepta le combat, bien qu'il sût que son adversaire était le Seigneur. À l'aube, il n'était toujours pas vaincu, et le combat ne prit fin que lorsque Dieu accepta de le bénir.

L'histoire s'était transmise de génération en génération afin que personne ne l'oubliât jamais : *quelquefois il était nécessaire de lutter avec Dieu.* Tout être humain, à un moment donné, voyait une tragédie traverser sa vie ; ce pouvait être la destruction d'une cité, la mort d'un enfant, une accusation sans preuve, une maladie qui le laissait invalide à tout jamais. À cet instant, Dieu le

263

mettait au défi de L'affronter et de répondre à Sa question : « Pourquoi t'accrocher autant à une existence si courte et si pleine de souffrances ? Quel est le sens de ta lutte ? »

L'homme qui ne savait répondre se résignait. Mais celui qui cherchait un sens à l'existence trouvait que Dieu avait été injuste, et il bravait le destin. C'est alors qu'un autre feu descendait des cieux, non pas celui qui tue, mais celui qui détruit les antiques murailles et donne à chaque être humain ses véritables possibilités. Les lâches ne laissent jamais cette flamme embraser leur cœur – tout ce qu'ils désirent, c'est que la situation redevienne vite ce qu'elle était auparavant, afin qu'ils puissent continuer de vivre et de penser comme ils y étaient accoutumés. En revanche, les courageux mettent le feu à ce qui était vieux, dépassé, et, même au prix d'une grande souffrance intérieure, ils abandonnent tout, y compris Dieu, et vont de l'avant.

« Les courageux sont toujours têtus. »

Du ciel, le Seigneur sourit de contentement : c'était cela qu'Il voulait, que chacun prît en main la responsabilité de sa propre vie. Finalement, il avait donné à ses enfants le plus grand de tous les dons : la capacité de choisir et de décider de leurs actes.

Seuls les hommes et les femmes ayant le feu

sacré avaient le courage de L'affronter. Et eux seuls connaissaient la voie du retour vers Son amour, car ils comprenaient enfin que la tragédie n'était pas une punition, mais un défi.

Élie revit chacun de ses pas; depuis qu'il avait quitté la charpenterie, il avait accepté sa mission sans discuter. Même si elle était juste – et il pensait qu'elle l'était –, il n'avait jamais eu l'occasion de regarder ce qui se passait sur les chemins qu'il s'était refusé à parcourir par peur de perdre sa foi, son dévouement, sa volonté. Il considérait qu'il était très risqué de prendre le chemin des gens ordinaires – il pouvait finir par s'y habituer et aimer ce qu'il voyait. Il ne comprenait pas qu'il était lui aussi comme tout le monde, même s'il entendait des anges et recevait de temps en temps des ordres de Dieu; il était tellement convaincu de savoir ce qu'il voulait qu'il s'était comporté de la même manière que ceux qui n'avaient jamais pris une décision importante de leur vie.

Il avait échappé au doute, à la défaite, aux moments d'indécision. Mais le Seigneur était généreux, et Il l'avait conduit à l'abîme de l'inévitable pour lui montrer que l'homme a besoin de *choisir* – et non d'*accepter* – son destin.

Bien des années auparavant, par une nuit semblable à celle-ci, Jacob n'avait pas laissé Dieu partir avant qu'Il ne l'ait béni. C'est alors que le Seigneur lui avait demandé : « *Comment t'appelles-tu ?* »

Telle était la question : avoir un nom. Une fois que Jacob eut répondu, Dieu l'avait baptisé *Israël*. Chacun a un nom au berceau, mais il doit apprendre à baptiser sa vie du mot qu'il a choisi pour lui donner un sens.

« Je suis *Akbar* », avait-elle dit.

Il avait fallu la destruction de la cité et la perte de la femme aimée pour qu'Élie comprît qu'il avait besoin d'un nom. Et, à l'instant même, il donna à sa vie le nom de *Libération*.

*

Il se leva et regarda la place devant lui : la fumée montait encore des cendres de ceux qui avaient perdu la vie. En mettant le feu à ces corps, il avait bravé une coutume très ancienne de son pays qui exigeait que les gens fussent enterrés selon les rites. Il avait lutté avec Dieu et la tradition en décidant l'incinération, mais il sentait qu'il n'avait pas péché, car il fallait une solution nouvelle à un problème nouveau. Dieu était infini dans Sa miséricorde, et implacable dans Sa rigueur à l'égard de ceux qui n'ont pas le courage d'oser.

Il parcourut de nouveau la place du regard :

266

quelques survivants n'étaient pas encore allés se coucher et ils gardaient les yeux fixés sur les flammes, comme si ce feu avait consumé aussi leurs souvenirs, leur passé, les deux cents ans de paix et d'inertie d'Akbar. L'époque de la peur et de l'attente était révolue : il ne restait désormais que la reconstruction ou la défaite.

Comme Élie, eux aussi pouvaient se choisir un nom. *Réconciliation, Sagesse, Amant, Pèlerin,* il y avait autant de choix que d'étoiles dans le ciel, mais chacun devait donner un nom à sa vie.

Élie se leva et pria :

« J'ai lutté contre Toi, Seigneur, et je n'ai pas honte. Ainsi, j'ai découvert que je suis sur mon chemin parce que je le désire, non parce que cela m'a été imposé par mes parents, par les traditions de mon pays, ou par Toi-même.

« Vers Toi, Seigneur, j'aimerais revenir en cet instant. Je veux T'offrir toute la force de ma volonté, et non la lâcheté de celui qui n'a pas su choisir un chemin différent. Cependant, pour que Tu me confies Ton importante mission, je dois poursuivre cette bataille contre Toi, jusqu'à ce que Tu me bénisses. »

Reconstruire Akbar. Ce qu'Élie prenait pour un défi à Dieu était, en vérité, ses retrouvailles avec Lui.

LA FEMME QUI AVAIT RÉCLAMÉ DE LA NOURRITURE reparut le lendemain matin. Elle était accompagnée d'autres femmes.

« Nous avons découvert plusieurs dépôts, dit-elle. Comme beaucoup de gens sont morts et que beaucoup d'autres ont fui avec le gouverneur, nous avons des réserves pour un an.

— Trouve de vieilles personnes pour superviser la distribution des aliments, ordonna Élie. Elles ont l'expérience de l'organisation.

— Les vieux n'ont pas envie de vivre.

— Prie-les de venir de toute façon. »

La femme se préparait à partir quand Élie la retint :

« Tu sais écrire en te servant des lettres ?

— Non.

— J'ai appris, et je peux t'enseigner. Cela te sera utile pour m'aider à administrer la cité.

268

– Mais les Assyriens vont revenir.

– Quand ils arriveront, ils auront besoin de notre aide pour gérer les affaires de la cité.

– Pourquoi faire cela pour l'ennemi ?

– Fais-le pour que chacun puisse donner un nom à sa vie. L'ennemi n'est qu'un prétexte pour mettre à l'épreuve notre force. »

Les vieux vinrent, ainsi qu'il l'avait prévu.

« Akbar a besoin de votre aide, leur dit Élie. Et devant cela, vous ne pouvez pas vous offrir le luxe d'être vieux ; nous avons besoin de la jeunesse que vous aviez jadis et que vous avez perdue.

– Nous ne savons pas où la retrouver, répondit l'un d'eux. Elle a disparu avec les rides et les désillusions.

– Ce n'est pas vrai. Vous n'avez jamais eu d'illusions, et c'est pour cette raison que la jeunesse se cache. Il est temps de la retrouver, puisque nous avons un rêve commun : reconstruire Akbar.

– Comment pouvons-nous réaliser quelque chose d'impossible ?

– Avec enthousiasme. »

Les yeux voilés par la tristesse et le découragement voulaient briller de nouveau. Ce n'étaient plus les habitants bons à rien qui allaient assister aux jugements en quête d'un sujet de conversation pour la fin de l'après-midi ; ils avaient main-

269

tenant devant eux une mission importante, ils étaient nécessaires.

Les plus résistants séparèrent les matériaux encore utilisables des maisons qui avaient été très endommagées et s'en servirent pour remettre en état celles qui tenaient encore debout. Les plus âgés aidèrent à disperser dans les champs les cendres des cadavres incinérés, afin qu'on se rappelât les morts de la cité lors de la prochaine récolte ; d'autres se chargèrent de séparer les grains emmagasinés dans toute la cité dans le plus grand désordre, de fabriquer le pain et de tirer l'eau du puits.

DEUX NUITS PLUS TARD, ÉLIE RÉUNIT TOUS LES habitants sur la place, nettoyée maintenant de la plus grande partie des décombres. On alluma des torches et il prit la parole :

« Nous n'avons pas le choix. Nous pouvons laisser l'étranger faire ce travail, mais alors cela signifie que nous renonçons à la seule chance que nous offre une tragédie : celle de reconstruire notre vie.

« Les cendres des morts que nous avons incinérés il y a quelques jours vont nourrir des plantes qui naîtront au printemps. Le fils perdu la nuit de l'invasion s'est changé en de nombreux enfants qui courent librement dans les rues détruites et s'amusent à envahir des lieux interdits et des maisons qu'ils n'avaient jamais connues. Jusqu'à présent, seuls les enfants ont été capables de surmonter les événements parce qu'ils n'ont pas de

271

passé – pour eux, tout ce qui compte est le moment présent. Alors, essayons d'agir comme eux.

– Un homme peut-il éteindre dans son cœur la douleur d'une perte ? demanda une femme.

– Non. Mais il peut se réjouir d'avoir gagné quelque chose. »

Élie se retourna et montra la cime de la Cinquième Montagne, toujours couverte de nuages. La destruction des murailles la rendait visible du centre de la place.

« Je crois en un Seigneur unique, mais vous, vous pensez que les dieux habitent dans ces nuages, au sommet de la Cinquième Montagne. Je ne veux pas discuter maintenant pour savoir si mon Dieu est plus fort ou plus puissant que les vôtres ; je ne veux pas évoquer nos différences, mais nos ressemblances. La tragédie nous a réunis en un sentiment commun : le désespoir. Pourquoi est-ce arrivé ? Parce que nous pensions que tout avait trouvé une réponse et une solution dans nos âmes, et nous ne pouvions accepter le moindre changement.

« Vous et moi, nous appartenons à des nations commerçantes, mais nous savons aussi nous comporter en guerriers, poursuivit-il. Et un guerrier est toujours conscient du motif pour lequel cela vaut la peine de lutter. Il n'entreprend pas des combats dénués d'intérêt, et il ne perd jamais son temps en provocations.

« Un guerrier accepte la défaite. Il ne la traite pas comme un événement indifférent, ni ne tente de la transformer en victoire. La douleur de la perte le rend amer, il souffre de la froideur et la solitude le désespère. Une fois qu'il est passé par tout cela, il lèche ses blessures et prend un nouveau départ. Un guerrier sait que la guerre est faite de nombreuses batailles ; il va de l'avant.

« Des tragédies surviennent. Nous pouvons en découvrir la raison, en rendre les autres coupables, imaginer combien nos vies auraient été différentes sans elles. Mais rien de tout cela n'a d'importance : elles sont arrivées, point. Dès lors, nous devons oublier la peur qu'elles ont suscitée et entreprendre la reconstruction.

« Chacun de vous se donnera désormais un nom nouveau. Ce sera un nom sacré, qui synthétise tout ce pour quoi vous avez rêvé de vous battre. Je me suis choisi le nom de *Libération.* »

La place resta silencieuse un certain temps. Alors, la femme qui la première avait aidé Élie se leva.

« Mon nom est *Retrouvailles,* dit-elle.

– Je m'appelle *Sagesse* », déclara un vieux.

Le fils de la veuve qu'Élie avait tant aimée s'écria :

« Mon nom est *Alphabet.* »

Les gens éclatèrent de rire. Honteux, l'enfant se rassit.

« Comment peut-on s'appeler *Alphabet?* » cria un autre enfant.

Élie aurait pu intervenir mais il était bon que le garçon apprît à se défendre tout seul.

« Parce que c'est ce que faisait ma mère, dit le gamin. Chaque fois que je regarderai les lettres dessinées, je penserai à elle. »

Cette fois, personne ne rit. Un à un, les orphelins, les veuves et les vieillards d'Akbar annoncèrent leur nom et leur nouvelle identité. La cérémonie terminée, Élie conseilla à tout le monde de se coucher tôt : ils devaient se remettre au travail le lendemain matin.

Il prit l'enfant par la main et ils regagnèrent l'endroit de la place où ils avaient étendu quelques tissus en forme de tente.

À partir de cette nuit-là, il lui enseigna l'écriture de Byblos.

LES JOURS DEVINRENT DES SEMAINES, ET AKBAR changeait de visage. L'enfant avait rapidement appris à dessiner les lettres et il parvenait désormais à créer des mots qui avaient un sens. Élie le chargea d'écrire sur des tablettes d'argile l'histoire de la reconstruction de la cité.

Les plaques d'argile étaient cuites dans un four improvisé, transformées en céramique et soigneusement archivées par un couple de vieillards. Lors des réunions qui se tenaient chaque soir, Élie demandait aux vieux de raconter ce qu'ils avaient vu dans leur enfance et il enregistrait le plus grand nombre d'histoires possible.

« Nous conserverons la mémoire d'Akbar dans un matériau que le feu ne peut détruire, expliquait-il. Un jour, nos enfants et petits-enfants sauront que la défaite n'a pas été acceptée et que l'inévitable a été surmonté. Cela peut leur servir d'exemple. »

Toutes les nuits, après l'étude avec le gamin, Élie marchait dans la cité déserte, il allait jusqu'au début de la route menant à Jérusalem, songeait à partir, puis y renonçait.

Le poids de sa tâche l'obligeait à se concentrer sur le présent. Il savait que les habitants d'Akbar comptaient sur lui pour la reconstruction ; il les avait déçus une fois, le jour où il s'était montré incapable d'empêcher la mort de l'espion, et d'éviter la guerre. Pourtant, Dieu offre toujours une seconde chance à ses enfants, et il devait saisir l'opportunité nouvelle. En outre, il s'attachait de plus en plus à l'enfant ; il voulait lui enseigner non seulement les caractères de Byblos, mais la foi dans le Seigneur et la sagesse de ses ancêtres.

Cependant, il n'oubliait pas que, dans son pays, régnaient une princesse et un dieu étranger. Il n'y avait plus d'anges tenant des épées de feu ; il était libre de partir quand il voulait et de faire ce que bon lui semblait.

Toutes les nuits, il songeait à s'en aller. Et toutes les nuits, il levait les mains vers le ciel et priait :

« Jacob a lutté la nuit entière et il a été béni à l'aurore. J'ai lutté contre Toi pendant des jours, des mois, et Tu refuses de m'écouter. Mais si Tu regardes autour de Toi, Tu sauras que je suis en train de vaincre : Akbar se relève de ses ruines et je vais reconstruire ce que Toi, en te servant des épées des Assyriens, Tu as transformé en cendres et en poussière.

« Je lutterai avec Toi jusqu'à ce que Tu me bénisses, et que Tu bénisses les fruits de mon travail. Un jour, Tu devras me répondre. »

*

Femmes et enfants apportaient l'eau dans les champs et luttaient contre la sécheresse qui paraissait sans fin. Un jour que le soleil implacable brillait de toute sa force, Élie entendit ce commentaire :

« Nous travaillons sans arrêt, nous ne pensons plus aux douleurs de cette nuit-là, et nous oublions même que les Assyriens reviendront dès qu'ils auront fini de mettre à sac Tyr, Sidon, Byblos et toute la Phénicie. Cela nous a fait du bien.

« Cependant, parce que nous sommes très concentrés sur la reconstruction de la cité, rien ne semble changer ; nous ne voyons pas le résultat de notre effort. »

Élie médita quelque temps sur ces paroles. Il exigea désormais que, au terme de chaque journée de travail, les gens se réunissent au pied de la Cinquième Montagne pour contempler ensemble le coucher du soleil.

Ils étaient en général tellement fatigués qu'ils échangeaient à peine un mot, mais ils découvraient combien il était important de laisser sa pensée errer sans but, comme les nuages dans le ciel. Ainsi, l'anxiété abandonnait leur cœur et tous retrouvaient la force et l'inspiration nécessaires pour le lendemain.

À SON RÉVEIL, ÉLIE ANNONÇA QU'IL N'IRAIT PAS travailler.

« Aujourd'hui, dans mon pays, on célèbre le jour du Pardon.

– Il n'y a pas de péché dans ton âme, remarqua une femme. Tu as fait de ton mieux.

– Mais la tradition doit être maintenue. Et je la respecterai. »

Les femmes allèrent porter l'eau dans les champs, les vieux retournèrent à leur tâche, élever des murs et façonner des portes et des fenêtres en bois. Les enfants aidaient à mouler les petites briques d'argile qui, plus tard, seraient cuites dans le feu. Élie les contempla, une joie immense dans le cœur. Ensuite, il quitta Akbar et se rendit dans la vallée.

Il marcha sans but, faisant les prières qu'il avait apprises enfant. Le soleil n'était pas encore complètement levé et, de là où il se trouvait, il voyait l'ombre gigantesque de la Cinquième Montagne recouvrir une partie de la vallée. Il eut un horrible pressentiment : cette lutte entre le Dieu d'Israël et les dieux des Phéniciens allait se prolonger durant des générations et des millénaires.

*

Il se rappela qu'un soir il était monté jusqu'au sommet de la montagne et qu'il avait conversé avec ange ; mais, depuis qu'Akbar avait été détruite, plus jamais il n'avait entendu les voix venant du ciel.

« Seigneur, aujourd'hui c'est le jour du Pardon, et la liste des péchés que j'ai commis envers Toi est longue », dit-il en se tournant en direction de Jérusalem. « J'ai été faible, parce que j'ai oublié ma propre force. J'ai été compatissant quand j'aurais dû être dur. Je n'ai pas choisi, de crainte de prendre de mauvaises décisions. J'ai renoncé avant l'heure, et j'ai blasphémé lorsque j'aurais dû remercier.

« Cependant, Seigneur, Tes péchés envers moi forment aussi une longue liste. Tu m'as fait souffrir plus que nécessaire, emportant de ce monde quelqu'un que j'aimais. Tu as détruit la cité qui

280

m'a accueilli, Tu as fait échouer ma quête, Ta dureté m'a presque fait oublier l'amour que j'ai pour Toi. Pendant tout ce temps, j'ai lutté avec Toi, et Tu n'admets pas la dignité de mon combat.

« Si nous comparons la liste de mes péchés et la liste des Tiens, Tu verras que Tu as une dette envers moi. Mais, comme aujourd'hui c'est le jour du Pardon, Tu me pardonnes et je Te pardonne, pour que nous puissions continuer à marcher ensemble. »

À ce moment le vent souffla, et il sentit que son ange lui parlait : « Tu as bien fait, Élie. Dieu a accepté ton combat. »

Des larmes coulèrent de ses yeux. Il s'agenouilla et embrassa le sol aride de la vallée.

« Merci d'être venu, parce que j'ai encore un doute : n'est-ce pas un péché d'agir ainsi ? »

L'ange répondit :

« Quand un guerrier lutte avec son instructeur, l'offense-t-il ?

— Non, c'est la seule manière d'apprendre la technique dont il a besoin.

— Alors continue jusqu'à ce que le Seigneur t'appelle et te renvoie en Israël, reprit l'ange. Lève-toi et continue à prouver que ta lutte a un sens, parce que tu as su traverser le courant de l'Inévitable. Beaucoup y naviguent et font naufrage ; d'autres sont rejetés vers des lieux qui ne leur étaient pas destinés. Mais toi, tu affrontes la traversée avec dignité, tu sais contrôler la direction de ton bateau et tu t'efforces de transformer la douleur en action.

— Dommage que tu sois aveugle, dit Élie. Sinon tu verrais comme les orphelins, les veuves et les vieillards ont été capables de reconstruire une cité. Bientôt, tout redeviendra comme avant.

— J'espère que non, répliqua l'ange. Finalement, ils ont payé le prix fort pour que leurs vies changent. »

Élie sourit. L'ange avait raison.

« J'espère que tu te comporteras comme les hommes à qui l'on offre une seconde chance : ne commets pas deux fois la même erreur. N'oublie jamais la raison de ta vie.

— Je n'oublierai pas », répondit-il, content que l'ange fût revenu.

LES CARAVANES N'EMPRUNTAIENT PLUS LE CHEMIN DE la vallée; les Assyriens avaient dû détruire les routes et modifier les voies commerciales. Chaque jour, des enfants montaient dans la seule tour des remparts qui avait échappé à la destruction; ils étaient chargés de surveiller l'horizon et d'avertir au cas où les guerriers ennemis reviendraient.

Élie projetait de les recevoir avec dignité et de leur remettre le commandement. Alors, il pourrait partir.

Mais, chaque jour qui passait, il sentait qu'Akbar faisait partie de sa vie. Sa mission n'était peut-être pas de chasser Jézabel du trône, mais de rester là, avec ces gens, jusqu'à sa mort, jouant l'humble rôle de serviteur du conquérant assyrien. Il aiderait à rétablir les voies commerciales, il apprendrait la langue de l'ennemi et, dans ses moments de repos, il pourrait s'occuper de la bibliothèque qui s'enrichissait de plus en plus.

Ce que l'on avait pris, une certaine nuit perdue dans le temps, pour la fin d'une cité signifiait maintenant la possibilité de la rendre encore plus belle. Les travaux de reconstruction comprenaient l'élargissement des rues, l'installation de toits plus résistants, et un ingénieux système pour porter l'eau du puits jusqu'aux endroits les plus éloignés. Son âme aussi se renouvelait ; chaque jour, il apprenait des vieux, des enfants, des femmes, quelque chose de nouveau. Ce groupe – qui n'avait pas abandonné Akbar en raison de l'impossibilité absolue où il était de le faire – formait maintenant une équipe disciplinée et compétente.

« Si le gouverneur avait su qu'ils étaient aussi utiles, il aurait inventé un autre type de défense, et Akbar n'aurait pas été détruite. »

Élie réfléchit un peu et comprit qu'il se trompait. Akbar devait être détruite, pour que tous puissent réveiller en eux les forces qui dormaient.

DES MOIS PASSÈRENT, ET LES ASSYRIENS NE DONNAIENT pas signe de vie. Akbar était maintenant quasi prête et Élie pouvait songer à l'avenir ; les femmes récupéraient les morceaux d'étoffe et en confectionnaient des vêtements. Les vieux réorganisaient les demeures et s'occupaient de l'hygiène de la cité. Les enfants aidaient quand on les sollicitait mais, en général, ils passaient la journée à jouer : c'est la principale obligation des enfants.

Élie vivait avec le gamin dans une petite maison en pierre, reconstruite sur le terrain de ce qui avait été autrefois un dépôt de marchandises. Chaque soir, les habitants d'Akbar s'asseyaient autour d'un feu sur la place principale et racontaient des histoires qu'ils avaient entendues au cours de leur vie ; avec l'enfant, il notait tout sur les tablettes qu'ils faisaient cuire le lendemain. La bibliothèque grossissait à vue d'œil.

285

La femme qui avait perdu son fils apprenait elle aussi les caractères de Byblos. Quand il vit qu'elle savait créer des mots et des phrases, il la chargea d'enseigner l'alphabet au reste de la population ; ainsi, lorsque les Assyriens reviendraient, ils pourraient servir d'interprètes ou de professeurs.

« C'était justement cela que le prêtre voulait éviter », dit un après-midi un vieux qui s'était appelé *Océan*, car il désirait avoir l'âme aussi vaste que la mer. « Que l'écriture de Byblos survécût et menaçât les dieux de la Cinquième Montagne.

– Qui peut éviter l'inévitable ? » rétorqua-t-il.

Les gens travaillaient le jour, assistaient ensemble au coucher du soleil et contaient des histoires à la veillée.

Élie était fier de son œuvre. Et il l'aimait de plus en plus.

*

Un enfant chargé de la surveillance descendit en courant.

« J'ai vu de la poussière à l'horizon ! dit-il, excité. L'ennemi est de retour ! »

Élie monta dans la tour et constata que l'information était exacte. Il calcula qu'ils arriveraient aux portes d'Akbar le lendemain.

L'après-midi, il prévint les habitants qu'ils ne devraient pas assister au coucher du soleil mais se retrouver sur la place. La journée de travail terminée, il rejoignit l'assemblée et remarqua que les gens avaient peur.

« Aujourd'hui nous ne raconterons pas des histoires du passé, et nous n'évoquerons pas les projets d'Akbar, dit-il. Nous allons parler de nous-mêmes. »

Personne ne dit mot.

*

« Il y a quelque temps, la pleine lune a brillé dans le ciel. Ce jour-là, il est arrivé ce que tous nous pressentions, mais que nous ne voulions pas accepter : Akbar a été détruite. Lorsque l'armée assyrienne s'est retirée, nos meilleurs hommes étaient morts. Les rescapés ont vu qu'il ne valait pas la peine de rester ici et ils ont décidé de s'en aller. Seuls sont restés les vieillards, les veuves et les orphelins, c'est-à-dire les bons à rien.

« Regardez autour de vous ; la place est plus belle que jamais, les bâtiments sont plus solides, la nourriture est partagée, et tous apprennent l'écriture inventée à Byblos. Quelque part dans cette cité se trouve une collection de tablettes sur lesquelles nous avons inscrit nos histoires, et les générations futures se rappelleront ce que nous avons fait.

« Aujourd'hui, nous savons que les vieux, les orphelins et les veuves sont partis aussi. Ils ont laissé place à une bande de jeunes gens de tous âges, pleins d'enthousiasme, qui ont donné un nom et un sens à leur vie.

« À chaque moment de la reconstruction, nous savions que les Assyriens allaient revenir. Nous savions qu'un jour il nous faudrait leur livrer notre cité et, avec elle, nos efforts, notre sueur, notre joie de la voir plus belle qu'avant. »

La lumière du feu illumina les larmes qui coulaient des visages. Même les enfants, qui d'habitude jouaient pendant les réunions nocturnes, étaient attentifs à ses paroles. Élie poursuivit :

« Cela n'a pas d'importance. Nous avons accompli notre devoir envers le Seigneur, car nous avons accepté Son défi et l'honneur de Sa lutte. Avant cette nuit-là, Il insistait auprès de nous, disant : " Marche ! " Mais nous ne l'écoutions pas. Pourquoi ?

« Parce que chacun de nous avait déjà décidé de son propre avenir : je pensais chasser Jézabel du trône, la femme qui maintenant s'appelle *Retrouvailles* voulait que son fils fût navigateur, l'homme qui aujourd'hui porte le nom de *Sagesse* désirait simplement passer le reste de ses jours à boire du vin sur la place. Nous étions habitués au mystère sacré de la vie et nous ne lui accordions plus d'importance.

« Alors le Seigneur s'est dit : " Ils ne veulent pas marcher ? Alors ils vont rester arrêtés très longtemps ! "

« Et là, seulement, nous avons compris Son message. L'acier de l'épée assyrienne a emporté nos jeunes gens, et la lâcheté s'est emparée des adultes. Où qu'ils soient à cette heure, ils sont encore arrêtés ; ils ont accepté la malédiction de Dieu.

« Mais nous, nous avons lutté contre le Seigneur. Comme nous avons lutté avec les hommes et les femmes que nous aimions durant notre vie, parce que c'est le combat qui nous bénit et qui nous fait grandir. Nous avons saisi l'opportunité de la tragédie et nous avons accompli notre devoir envers Lui, prouvant que nous étions capables d'obéir à l'ordre de *marcher*. Même dans les pires circonstances, nous sommes allés de l'avant.

« Il y a des moments où Dieu exige obéissance. Mais il y a des moments où Il désire tester notre volonté et nous met au défi de comprendre Son amour. Nous avons compris cette volonté quand les murailles d'Akbar se sont écroulées : elles ont ouvert notre horizon et laissé chacun de nous voir de quoi il était capable. Nous avons cessé de réfléchir à la vie, et nous avons décidé de la vivre. Le résultat a été bon. »

Élie remarqua que les yeux se mettaient à briller. Les gens avaient compris.

« Demain, je livrerai Akbar sans lutte ; je suis libre de partir quand je veux, car j'ai accompli ce que le Seigneur attendait de moi. Cependant, mon sang, ma sueur et mon unique amour sont dans le sol de cette cité, et j'ai décidé de passer ici le reste de mes jours, pour empêcher qu'elle ne soit de nouveau détruite. Que chacun prenne la décision qu'il voudra, mais n'oubliez jamais ceci : vous êtes bien meilleurs que vous ne le pensiez.

« Vous avez saisi la chance que la tragédie vous a donnée ; tout le monde n'en est pas capable. »

Élie se leva et annonça que la réunion était close. Il avertit l'enfant qu'il allait rentrer tard et lui conseilla de se coucher sans l'attendre.

*

Il alla jusqu'au temple, le seul monument ayant échappé à la destruction ; ils n'avaient pas eu besoin de le reconstruire, bien que les statues des dieux aient été emportées par les Assyriens. Respectueusement, il toucha la pierre qui marquait l'endroit où, selon la tradition, un ancêtre avait enfoncé une baguette dans le sol et n'était pas parvenu à la retirer.

Il songea que, dans son pays, Jézabel avait édifié des monuments comme celui-ci et qu'une partie de son peuple se prosternait pour adorer Baal et ses divinités. De nouveau, le pressentiment traversa son âme : la guerre entre le Seigneur d'Israël et les dieux des Phéniciens durerait très longtemps, bien au-delà de ce que son imagination pouvait atteindre. Comme dans une vision, il entrevit les étoiles qui croisaient le soleil et répandaient dans les deux pays la destruction et la mort. Des hommes qui parlaient des langues inconnues chevauchaient des animaux d'acier et s'affrontaient en duel au milieu des nuages.

« Ce n'est pas cela que tu dois voir maintenant, car le temps n'est pas encore venu, lui dit son ange. Regarde par la fenêtre. »

Élie obéit. Dehors, la pleine lune illuminait les maisons et les rues d'Akbar, et, bien qu'il fût tard, il pouvait entendre les conversations et les rires de ses habitants. Malgré le retour des Assyriens, ce peuple avait encore envie de vivre, il était prêt à affronter une nouvelle étape de son existence.

Alors, il aperçut une silhouette et il sut que c'était la femme qu'il avait tant aimée et qui maintenant marchait de nouveau orgueilleusement dans la cité. Il sourit et sentit qu'elle touchait son visage.

« Je suis fière, semblait-elle dire. Akbar demeure vraiment belle. »

Il eut envie de pleurer mais il se rappela l'enfant qui jamais n'avait laissé couler une larme pour sa mère. Il contrôla ses pleurs et se remémora les plus beaux moments de l'histoire qu'ils avaient vécue ensemble – depuis la rencontre aux portes de la cité jusqu'à l'instant où elle avait écrit le mot « amour » sur une tablette d'argile. Il revit sa robe, ses cheveux, l'arête fine de son nez.

« Tu m'as dit que tu étais Akbar. Alors j'ai pris soin de toi, je t'ai guérie de tes blessures, et maintenant je te rends à la vie. Sois heureuse avec tes nouveaux compagnons. Et je voudrais te dire une chose : moi aussi j'étais Akbar, et je ne le savais pas. »

Il avait la certitude qu'elle souriait.

« Le vent du désert, il y a très longtemps, a effacé nos pas sur le sable. Mais, à chaque seconde de mon existence, je pense à ce qui s'est passé, et tu marches encore dans mes rêves et dans ma réalité. Merci d'avoir croisé mon chemin. »

Il s'endormit là, dans le temple, sentant que la femme lui caressait les cheveux.

LE CHEF DES MARCHANDS APERÇUT UN GROUPE DE GENS
en guenilles au milieu de la route. Il crut que
c'étaient des brigands et demanda à tous les
membres de la caravane de s'emparer de leurs
armes.

« Qui êtes-vous ? interrogea-t-il.

– Nous sommes le peuple d'Akbar », répondit
un barbu, les yeux brillants. Le chef de la caravane remarqua qu'il parlait avec un accent étranger.

« Akbar a été détruite. Nous sommes chargés
par le gouvernement de Tyr et de Sidon de locali-
ser son puits, afin que les caravanes puissent de
nouveau emprunter cette vallée. Les communica-
tions avec le reste du pays ne peuvent rester inter-
rompues pour toujours.

– Akbar existe encore, répliqua l'homme. Où
sont les Assyriens ?

– Le monde entier sait où ils sont, répondit en riant le chef de la caravane. Ils rendent plus fertile le sol de notre pays et il y a longtemps qu'ils nourrissent nos oiseaux et nos bêtes sauvages.

– Mais c'était une armée puissante.

– Une armée n'a aucun pouvoir, si l'on sait quand elle va attaquer. Akbar a fait prévenir qu'ils approchaient et Tyr et Sidon ont organisé une embuscade à l'autre bout de la vallée. Ceux qui ne sont pas morts au combat ont été vendus comme esclaves par nos navigateurs. »

Les gens en haillons applaudissaient et s'embrassaient, pleurant et riant en même temps.

« Qui êtes-vous ? répéta le marchand. Qui es-tu ? demanda-t-il en indiquant le chef.

– Nous sommes les jeunes guerriers d'Akbar », lui fut-il répondu.

LA TROISIÈME RÉCOLTE AVAIT COMMENCÉ, ET ÉLIE était le gouverneur d'Akbar. Il y avait eu beaucoup de résistance au début – l'ancien gouverneur voulait revenir occuper son poste, ainsi que l'ordonnait la tradition. Mais les habitants de la cité avaient refusé de le recevoir et menacé pendant des jours d'empoisonner l'eau du puits. L'autorité phénicienne avait finalement cédé à leurs requêtes – au bout du compte, Akbar n'avait pas tant d'importance, sinon pour l'eau qu'elle procurait aux voyageurs, et le gouvernement d'Israël était aux mains d'une princesse de Tyr. En concédant le poste de gouverneur à un Israélite, les gouvernants phéniciens pouvaient bâtir une alliance commerciale plus solide.

La nouvelle parcourut toute la région, portée par les caravanes de marchands qui s'étaient remises à circuler. Une minorité en Israël considérait Élie comme le pire des traîtres, mais Jézabel se chargerait en temps voulu d'éliminer cette résistance, et la paix reviendrait dans la région. La princesse était satisfaite parce que l'un de ses pires ennemis était devenu son meilleur allié.

*

La rumeur d'une nouvelle invasion assyrienne se répandit et on releva les murailles d'Akbar. On mit au point un nouveau système de défense, avec des sentinelles et des garnisons disséminées entre Tyr et Akbar ; de cette manière, si l'une des cités était assiégée, l'autre pourrait dépêcher des troupes par terre et assurer le ravitaillement par mer.

La région prospérait à vue d'œil : le nouveau gouverneur israélite avait instauré un rigoureux contrôle des taxes et des marchandises, fondé sur l'écriture. Les vieux d'Akbar s'occupaient de tout, utilisaient les nouvelles techniques et résolvaient patiemment les problèmes qui surgissaient.

Les femmes partageaient leur temps entre leur labeur et le tissage. Pendant la période d'isolement de la cité, pour remettre en état le peu de tissus qui leur restaient, elles avaient été obligées d'inventer de nouveaux motifs de broderie ;

lorsque les premiers marchands arrivèrent, ils furent enchantés par les dessins et passèrent de nombreuses commandes.

Les enfants avaient appris l'écriture de Byblos ; Élie était certain que cela leur serait utile un jour.

Comme toujours avant la récolte, il se promenait dans la campagne et il remerciait le Seigneur cet après-midi-là des innombrables bénédictions qu'il avait reçues pendant toutes ces années. Il vit les gens tenant les paniers chargés de grain, les enfants jouant tout autour. Il leur fit signe et ils lui répondirent.

Un sourire sur le visage, il se dirigea vers la pierre où, très longtemps auparavant, il avait reçu une tablette d'argile portant le mot « amour ». Il venait tous les jours visiter cet endroit, pour assister au coucher du soleil et se rappeler chaque instant qu'ils avaient passé ensemble.

« *La parole du Seigneur fut adressée à Élie, la troisième année :*

  "Va, montre-toi à Achab, je vais donner de la pluie sur la surface du sol." »

DE LA PIERRE SUR LAQUELLE IL ÉTAIT ASSIS, ÉLIE VIT LE monde trembler autour de lui. Le ciel devint noir pendant un moment, puis très vite le soleil se remit à briller.

Il vit la lumière. Un ange du Seigneur se tenait devant lui.

« Que s'est-il passé ? demanda Élie, effrayé. Dieu a-t-Il pardonné à Israël ?

– Non, répondit l'ange. Il veut que tu retournes libérer ton peuple. Ton combat avec Lui est terminé et, à cet instant, Il t'a béni. Il t'a donné la permission de poursuivre Son travail sur cette terre. »

Élie était abasourdi.

« Maintenant, justement quand mon cœur vient de retrouver la paix ?

– Rappelle-toi la leçon qui t'a été enseignée une fois. Et rappelle-toi les paroles que le Seigneur adressa à Moïse :

« *Souviens-toi du chemin sur lequel le Seigneur t'a guidé, pour t'humilier, pour te mettre à l'épreuve, pour savoir ce qui était dans ton cœur.*

Quand tu auras mangé à satiété, quand tu auras construit de belles maisons pour y habiter, quand ton troupeau et ton bétail se seront multipliés, garde-toi de devenir orgueilleux et d'oublier le Seigneur ton Dieu. » »

Élie se tourna vers l'ange.

« Et Akbar ? demanda-t-il.

— Elle peut vivre sans toi, car tu as laissé un héritier. Elle survivra de nombreuses années. »

L'ange du Seigneur disparut.

ÉLIE ET L'ENFANT ARRIVÈRENT AU PIED DE LA Cinquième Montagne. Les broussailles avaient poussé entre les pierres des autels ; depuis la mort du grand prêtre, plus personne ne venait ici.

« Nous allons monter, dit-il.

– C'est interdit.

– Oui, c'est interdit. Mais ce n'est pas dangereux pour autant. »

Il le prit par la main, et ils commencèrent à monter en direction du sommet. Ils s'arrêtaient de temps en temps et regardaient la vallée en contrebas ; la sécheresse avait marqué le paysage et, à l'exception des champs cultivés autour d'Akbar, le reste semblait un désert aussi rude que les terres d'Égypte.

« J'ai entendu mes amis dire que les Assyriens allaient revenir, dit le gamin.

– Peut-être, mais ce que nous avons fait valait

la peine ; c'est la manière que Dieu a choisie pour que nous apprenions.

— Je ne sais pas s'Il se donne beaucoup de mal pour nous, remarqua l'enfant. Il n'avait pas besoin d'être aussi sévère.

— Il a dû essayer par d'autres moyens, jusqu'à ce qu'Il découvre que nous ne L'écoutions pas. Nous étions trop habitués à nos existences, et nous ne lisions plus Ses paroles.

— Où sont-elles écrites ?

— Dans le monde autour de toi. Il suffit de faire attention à ce qui se passe dans ta vie, et tu vas découvrir où, à chaque moment du jour, Il cache Ses paroles et Sa volonté. Essaie d'accomplir ce qu'Il demande : c'est ta seule raison d'être en ce monde.

— Si je les découvre, je les écrirai sur les tablettes d'argile.

— Fais-le. Mais écris-les surtout dans ton cœur ; là, elles ne pourront pas être brûlées ou détruites, et tu les emporteras où que tu ailles. »

Ils marchèrent encore un moment. Les nuages étaient maintenant tout proches.

« Je ne veux pas entrer là-dedans, dit l'enfant en les montrant du doigt.

— Ils ne te causeront aucun mal : ce ne sont que des nuages. Viens avec moi. »

Il le prit par la main, et ils montèrent. Peu à

peu, ils pénétrèrent dans le brouillard ; l'enfant se serra contre lui sans mot dire, même si, de temps en temps, Élie tentait d'engager la conversation. Ils marchèrent parmi les rochers nus du sommet.

« Retournons », pria l'enfant.

Élie décida de ne pas insister, cet enfant avait déjà rencontré beaucoup de difficultés dans sa brève existence et connu la peur. Il fit ce qu'il demandait ; ils sortirent de la brume et de nouveau distinguèrent la vallée en bas.

« Un jour, cherche dans la bibliothèque d'Akbar ce que j'ai laissé écrit pour toi. Cela s'appelle *Le Manuel du guerrier de la lumière*.

– Je suis un guerrier de la lumière, répliqua l'enfant.

– Tu sais comment je m'appelle ? demanda Élie.

– *Libération*, répondit le gamin.

– Assieds-toi là près de moi, dit Élie en indiquant un rocher. Il m'est impossible d'oublier mon nom. Je dois poursuivre ma mission, même si, en ce moment, tout ce que je désire est rester avec toi. C'est pour cela qu'Akbar a été reconstruite ; pour nous enseigner qu'il faut aller de l'avant, aussi difficile que cela puisse paraître.

– Tu t'en vas.

– Comment le sais-tu ? demanda-t-il, surpris.

– Je l'ai écrit sur une tablette, hier soir. Quel-

303

que chose me l'a dit ; peut-être ma mère, ou bien un ange. Mais je le sentais déjà dans mon cœur. »

Élie caressa la tête de l'enfant.

« Tu as su lire la volonté de Dieu, dit-il, content. Alors je n'ai rien à t'expliquer.

— Ce que j'ai lu, c'était la tristesse dans tes yeux. Je n'ai pas eu de mal, certains de mes amis l'ont perçue aussi.

— Cette tristesse que vous avez lue dans mon regard est une partie de mon histoire. Mais une petite partie, qui ne va durer que quelques jours. Demain, quand je prendrai la direction de Jérusalem, elle aura perdu de sa force, et peu à peu elle disparaîtra. Les tristesses ne durent pas éternellement, lorsque nous marchons vers ce que nous avons toujours désiré.

— Faut-il toujours partir ?

— Il faut toujours savoir quand finit une étape de la vie. Si tu persistes à y demeurer au-delà du temps nécessaire, tu perds la joie et le sens du repos. Et tu risques d'être rappelé à l'ordre par Dieu.

— Le Seigneur est dur.

— Seulement avec Ses élus. »

*

304

Élie regarda Akbar tout en bas. Oui, Dieu pouvait parfois se montrer très dur, mais jamais au-delà de ce que chacun pouvait endurer : l'enfant ignorait que, à l'endroit où ils étaient assis, Élie avait reçu la visite d'un ange du Seigneur et qu'il avait appris comment le ramener d'entre les morts.

« Je vais te manquer ? demanda-t-il.

— Tu m'as dit que la tristesse disparaissait si nous allions de l'avant, répondit le gamin. Il reste beaucoup à faire pour rendre Akbar aussi belle que ma mère le mérite. Elle se promène dans ses rues.

— Reviens ici lorsque tu auras besoin de moi. Et regarde en direction de Jérusalem : j'y serai, cherchant à donner un sens à mon nom, *Libération*. Nos cœurs sont liés à tout jamais.

— C'est pour cela que tu m'as amené en haut de la Cinquième Montagne ? Pour que je puisse voir Israël ?

— Pour que tu voies la vallée, la cité, les autres montagnes, les rochers et les nuages. Le Seigneur avait coutume d'ordonner à Ses prophètes de se rendre sur les montagnes pour converser avec Lui. Je me suis toujours demandé pourquoi, et maintenant je comprends la réponse : du sommet, nous sommes capables de voir tout petit. Nos gloires et nos chagrins perdent leur importance.

Ce que nous avons gagné ou perdu est resté là en bas. Du haut de la montagne, tu peux voir comme le monde est vaste et comme l'horizon s'étend loin. »

L'enfant regarda tout autour. Du haut de la Cinquième Montagne, il percevait l'odeur de la mer qui baignait les plages de Tyr. Il entendait le vent du désert qui soufflait d'Égypte.

« Un jour, je gouvernerai Akbar, dit-il à Élie. Je connais ce qui est grand, mais je connais aussi chaque recoin de la cité. Je sais ce qu'il faut transformer.

— Alors, transforme-le. Ne laisse pas les choses se figer.

— Dieu ne pouvait-Il pas choisir une meilleure manière de nous montrer tout cela ? À un moment, j'ai pensé qu'Il était mauvais. »

Élie resta silencieux. Il se rappelait une conversation qu'il avait eue, des années auparavant, avec un prophète lévite, alors qu'ils attendaient que les soldats de Jézabel viennent les mettre à mort.

« Dieu peut-Il être mauvais ? insista l'enfant.

— Dieu est tout-puissant, répondit Élie. Il peut tout, et rien ne Lui est interdit ; sinon, cela signifierait qu'il existe quelqu'un de plus puissant et de plus grand que Lui pour l'empêcher de faire certaines choses. En ce cas, je préférerais adorer et révérer ce quelqu'un plus puissant. »

Il s'interrompit quelques instants, pour que le gamin pénètre bien le sens de ses propos. Puis il reprit :

« Cependant, dans Son infini pouvoir, Il a choisi de faire seulement le Bien. Si nous parvenons jusqu'à la fin de notre histoire, nous verrons que très souvent le Bien a l'apparence du Mal mais qu'il reste le Bien et fait partie du plan qu'Il a créé pour l'humanité. »

Il prit le garçon par la main et ils s'en retournèrent en silence.

*

Cette nuit-là, l'enfant dormit serré contre lui. Dès que le jour commença à poindre, Élie l'écarta délicatement de sa poitrine pour ne pas le réveiller.

Ensuite, il s'habilla du seul vêtement qu'il possédait et sortit. Sur le chemin, il ramassa un morceau de bois et s'en fit un bâton. Il avait l'intention de ne jamais s'en séparer : c'était le souvenir de son combat avec Dieu, de la destruction et de la reconstruction d'Akbar.

Sans regarder en arrière, il prit la direction d'Israël.

Épilogue

CINQ ANS PLUS TARD, L'ASSYRIE ENVAHIT DE NOUVEAU le pays, cette fois avec une armée plus professionnelle et des généraux plus compétents. Toute la Phénicie tomba sous la domination du conquérant étranger, à l'exception de Tyr et de Sarepta, que ses habitants dénommaient Akbar.

L'enfant se fit homme, gouverna la cité et fut considéré comme un sage par ses contemporains. Il mourut âgé, entouré des êtres qu'il chérissait, et disant toujours qu' « il fallait garder la cité belle et forte, parce que sa mère se promenait encore dans ces rues ». Grâce à un système de défense développé conjointement, Tyr et Sarepta ne furent occupées par le roi assyrien Sennachérib qu'en 701 avant Jésus-Christ, presque cent soixante ans après les faits relatés dans ce livre.

Mais les cités phéniciennes ne retrouvèrent jamais leur importance ; elles subirent dès lors une succession d'invasions – par les néo-Babyloniens, les Perses, les Macédoniens, les Séleucides, et enfin les Romains. Pourtant elles ont continué d'exister jusqu'à nos jours, parce que, selon la tradition antique, le Seigneur ne choisissait jamais par hasard les lieux qu'Il désirait voir habités. Tyr, Sidon et Byblos font toujours partie du Liban, qui est aujourd'hui encore un champ de bataille.

ÉLIE RETOURNA EN ISRAËL ET RÉUNIT LES PROPHÈTES sur le mont Carmel. Là, il leur demanda de se séparer en deux groupes : ceux qui adoraient Baal, et ceux qui croyaient dans le Seigneur. Suivant les instructions de l'ange, il offrit un bouvillon aux premiers et leur enjoignit de prier à grands cris leur dieu de recevoir le sacrifice. La Bible raconte :

« *À midi, Élie se moqua d'eux et dit : " Criez plus fort, c'est un dieu ; peut-être qu'il médite, ou qu'il est en voyage, ou qu'il dort. "*

Ils crièrent plus fort et, selon leur coutume, se tailladèrent à coups de couteaux et de lances, mais il n'y eut ni voix, ni personne qui répondît, ni aucune réaction. »

Alors Élie saisit l'animal et l'offrit selon les instructions de l'ange du Seigneur. À ce moment, le feu du ciel descendit et « *dévora l'holocauste, le bois, les pierres* ». Quelques minutes plus tard, une pluie abondante tomba, mettant fin à quatre années de sécheresse.

À partir de cet instant, une guerre civile éclata. Élie fit exécuter les prophètes qui avaient trahi le Seigneur, et Jézabel le recherchait partout pour le faire mettre à mort. Mais il se réfugia sur le flanc ouest de la Cinquième Montagne, qui donnait vers Israël.

Des gens venus de Syrie envahirent le pays et tuèrent le roi Achab, époux de la princesse de Tyr, d'une flèche qui pénétra accidentellement par une ouverture de son armure. Jézabel se réfugia dans son palais et, après quelques soulèvements populaires, après l'ascension et la chute de plusieurs gouvernants, elle finit par être capturée. Elle préféra se jeter par la fenêtre plutôt que de se livrer aux hommes envoyés pour l'arrêter.

Élie demeura dans la montagne jusqu'à la fin de ses jours. La Bible raconte qu'un certain soir, tandis qu'il conversait avec Élisée, le prophète qu'il avait désigné comme son successeur, « *un char de feu et des chevaux de feu les séparèrent l'un de l'autre ; et Élie monta au ciel dans la tempête* ».

Q<small>UELQUE</small> <small>HUIT</small> <small>CENTS</small> <small>ANS</small> <small>PLUS</small> <small>TARD</small>, J<small>ÉSUS</small> <small>INVITE</small> Pierre, Jacques et Jean à gravir une montagne. L'évangéliste Matthieu raconte que « [Jésus] *fut transfiguré devant eux; son visage resplendit comme le soleil et ses habits devinrent blancs comme la lumière. Et voici que leur apparurent Moïse et Élie qui s'entretenaient avec lui* ».

Jésus demande aux apôtres de ne pas raconter cette vision tant que le Fils de l'homme ne sera pas ressuscité des morts, mais ils rétorquent que cela ne se produira que lorsque Élie reviendra.

Matthieu (17, 10-13) relata la suite de l'histoire :

« *Et les disciples l'interrogèrent :* " *Pourquoi donc les scribes disent-ils qu'Élie doit venir d'abord ?* "

Jésus répondit alors : " *Certes, Élie va venir et il*

313

rétablira tout; mais, je vous le déclare, Élie est déjà venu et, au lieu de le reconnaître, ils ont fait de lui tout ce qu'ils ont voulu. "

Alors les disciples comprirent qu'il leur parlait de Jean le Baptiste. »

Cet ouvrage a été réalisé par la
SOCIÉTÉ NOUVELLE FIRMIN-DIDOT
Mesnil-sur-l'Estrée
pour le compte des Éditions Anne Carrière
104, bd Saint-Germain 75006 Paris
en mars 1998

Imprimé en France
Dépôt légal : mars 1998
N° d'édition : 102 – N° d'impression : 41699